末踏の野を過ぎて

渡辺京二

Watanabe Kyoji

弦書房

装丁＝クリエイティブ・コンセプト

目次

未踏の野を過ぎて

無常こそわが友

このたびの東北大震災について考えを述べるように、いくつかの新聞・雑誌から注文を受けたが、全部お断りした*。というのは、私の感想はそれを公表すれば、多くの人びとが苦しんでいるのに何ということを言うかと、大方の憤激を買いそうな性質のものだったからである。私は世論という場に自分が登場するのもいやなのであった。

このほど、その書きにくいことを書いておくのは、場所が少数の読者が読んで下さるにすぎぬ私の著書だからである。この範囲なら妄言も許されるだろう。

私は大震災に対するメディアおよび人びとの反応ぶりが大変意外だった。なぜこんなに大騒ぎするのか理解しかねた。これが大変な災害であり、社会の全力を挙げて対応すべき事態であるのは当然としても、幕末以来の国難であるとか、日本は立ち直れるのだろうかとか、それに類する意見がいっせいに溢れ出したのには、奇異の念を通り越してあきれた。三陸というのは明治年間にも大津波が来て、今回と同様何万という人が死んだところである。関東大震災では十万以上の死者が出た。首都中枢が壊滅したのである。それでも日本が滅びるなど言い出すものはいなかった。

第一、六十数年前には、日本の主要都市は空襲で焼野原となり、何十万という人びとが焼き殺されたではないか。焼跡には親を失った浮浪児がたむろし、人びとは餓えていた。このたびの被害者が家を失って、「着のみ着のままです」と訴えているのをテレビで見た。お気の毒である。だが私は、少年の日大連から引き揚げてきたとき、まさに着のみ着のままだった。帰国してみると、あてにしていた親戚は焼け出されてお寺に仮住いしていた。その六畳一間に私たち親子四人が転がりこんだ。合計七人が六畳一間で暮らしたのである。むろん、こんなことは私たち一家だけのことではなかった。今回のような原発事故の問題はなかっただって？　日本の二ヵ所で核爆弾が炸裂したのを忘れたのか。

それでも、日本はもうダメだ、立ち直るには五〇年かかるなんて言うものはいなかった。一九四七年、私が熊本に引き揚げてみたら、街の中心部の焼跡にバラックが立ち並んでいるというのに、映画館は満員で、街には「リンゴの唄」が流れていた。相変らず車を乗り廻し、デパートの駅弁大会といえば真先に駆けつけるのに、放射能がこわいからといって、何の根拠もなく米のトギ汁を服用させて、子どもに下痢させるなど、現代人はどうしてこんなに危機に弱くなったのか。いや、東北三県の人びとはよく苦難に耐えて、パニックを起こしていない。パニックを起こしているのはメディアである。災害を受けなかった人びとである。

この地球上に人間が生きてきた、そしていまも生きているというのはどういうことなのか、この際思い出しておこう。火山は爆発するし、地震は起るし、台風は襲来するし、疫病ははやる。そもそも人間は地獄の釜の蓋の上で、ずっと踊って来たのだ。人類史は即災害史であって、無常は自分の隣人だと、ついこのあいだまで人びとは承知していた。だからこそ、生は生きるに値し、輝かしかった。人類史上、どれだけの人数が非業の死を遂げねばならなかったことか。今回の災害ごときで動顚して、ご先祖に顔向けできると思うか。人類の記憶を失って、人工的世界の現在にのみ安住してきたからこそ、この世の終りのように騒ぎ立てねばならぬのだ。

このたびの災害で日本人の生きかたが変るのではないかという意見もよく耳にする。よい方へ変ってくれれば結構な話だ。だけど、大津波が来たから価値観が変ったというのも変な話ではなかろうか。われわれは戦争と革命の二〇世紀を通じて、何度人工の大津波を経験してきたことか。アウシュヴィッツ然り、ヒロシマ・ナガサキ然り、収容所列島然り、ポルポトの文化革命然り。私は戦火と迫害に追われて、わずかにコップとスプーンを懐に流浪するのが、自分の運命であるのを忘れたことはない。実際には安穏な暮らしを続けながら、夢の底でもそれを忘れたことはない。日本人、いや人類の生きかた在りかたを変えねばならぬのは、昨日今日始まった話ではないのだ。原発が人間によって制御不可能な技術であることも、経済成長と過剰消費にどっぷり浸った生活が永続きしないのも、四〇年五〇年前からわかっていた話だ。

もちろん、誤りを改むるに憚かるところなかれというし、津波であろうが原発事故であろうが、何がきっかけになっても構わないけれど、歳月が経てばまた忘れるんじゃないか。なにか大事件が起れば大騒動し、時がたてばけろりと忘れるというのは、どうも私たちの習性らしいのだ。何があっても騒がず、一喜一憂せず、長期的なスパンで沈着に物事を受けとめ考えてゆく、そういう民でありたいものだ、私たちは。ただ、今回の災害によって世の中が変ると感じた人びとは、案外的を射ているのかもしれない。つまり、潮時が来ていたのだ。そう受けとれば、大騒ぎした甲斐もある。しかし、万事は今後にかかっている。本当に世の中、変りますかな。

＊　この文を草したのち「毎日新聞」のインタヴューを受けた。

大国でなければいけませんか

ふつうの考えでは、いろいろと憂鬱な出来事が続いた一年だったようだが、ものは考えようで、私は一向憂鬱にならなかった。今年も、周りに何が起きようと、自分の歩調で過ごしてゆけそうな気がする。

中国が国内総生産で、日本を抜いて世界第二位になったと、さも重大事のように、気落ちした声でメディアは報じた。そんなことが重大事であるわけがない。日本の十数倍も人口のある国である。いつかは世界一位になったって、そのマンモス的人口からして不思議ではない。肝心なのは一人当たりの国内総生産で、その点に関する限り、中国は日本のずっと下にある。

だから安心せよと言いたいのではない。国内総生産であれ、国際競技大会のメダル獲得数であれ、やれ何位だとか、抜いたとか抜かれたとか、メディアはそんなことを仰々しく言い立てるべきではないのだ。そんなに国威を発揚せねば、日本人はこの世界で生きていけないのか。そんなことはあるまい。

　失われた十年とか、経済的な国際地位が低下したとか大騒ぎするのは、日本が一九八〇年代に、一時的にジャパン・アズ・ナンバーワンとはやし立てられたことがあったからだろう。第一位とはいかずとも、確かに世界第二位の経済大国になったときに、舞い上がったからこそ、今日の失意と焦りがある。

　では、なぜそんなことに舞い上がったかといえば、敗戦で日本人たることに全面的に自信を失ったからである。思えば、日本人であるのがまるで恥であるかのような、あの自己喪失ぶりは異常としか言いようがなかった。敗戦を機に反省すべき点が多々あったのは確かだとしても、勝敗自体は時の運ではないか。一度くらい戦争に敗けたからといって何ほどのことでもないのは、世界史のページをちょっとめくっただけで明らかなのだ。私たちは何と、泰然として静かな自信を欠いた国民であったことだろう。もっとも、そんな国民であれば、戦争も始めなかっただろうけれど。

　こんな自信喪失が永続きするはずがない。経済大国という掛け声に舞い上がったのは、当然の心理的補償というものである。心の支えというべきその経済大国が失墜したものだから、またぞろ自信を喪う昨今となった。

何という情けない循環だろう。軍事力とか経済力とか競技力とか、そんなことで国威を発揚することに、いまだに囚われているとすれば、日本人は敗戦から何を学んだのかわからない。近隣国の時代錯誤的なナショナリズムに、冷厳たる態度で対処してゆくこともできはしない。

私たちはもっと異なる未来をみつめるべきなのだ。その点で、世界にさきがけるべきなのだ。なるほど、私たちが日常生活を無事にすごすためには、経済の運営は大切だ。ほどほどの収入がなければ、清貧などと恰好をつけることもできはしない。だがそのことは、経済成長が至上命令だということを意味しないのだ。経済成長に囚われた社会のありかたこそ、今日の私たちの苦しみの根源だということは、一度冷静にわが身を省みれば、一同納得できるはずだと思う。

不景気のせいで生活が苦しいという。では、今日流行のあの断捨離というのは何なのか。セミナーまで出かけて、モノの捨てかたを教わらねばならないほど、モノは私たちのまわりを埋めつくしている。特別なお金持ちの話ではない。平均的な庶民の話なのだ。不景気はモノが売れないからだとしても、これ以上何か買いたいものがあるだろうか。

景気がよくなれば、幸せが戻ってくるわけでないのは、もう誰しもが気づいていることだ。景気なんて必ず循環するのである。そんなものにわが一生の幸せを託すのか。経済漬けになった社会の現状から抜け出さないとどうにもならない。そのことに私たちはすでに気づいている。

どういう世の中にしたいか。その点でも合意は成り立つと思う。要するに、生きていることがよろこびであるような社会であってほしいとみんな考えていて、そのよろこびの質や内容についても、よく話し合えばそんなに距たりはないはずだ。むろん、社会は個人の環境にすぎない。人間である限り、苦しみは個人の宿命である。その宿命から逃れられるユートピアなど存在しない。求められているのはユートピアではない。私たちはもう少しゆったりとして、質実で、心が伝えあえる、いい雰囲気の世の中を望んでいるだけだ。

だが、全面的に経済化し、経済の拡大にのみ命がかかっているような今日の社会から、どうすれば脱け出せるのか。これはなかなか難しい宿題なのである。しかし、一遍に解けなくても、少しずつ解いて行って、解けたところから形にしてゆけばよいのではないか。いろんな試みがありうると思う。むろん、実行可能な試みである。私は八〇歳であるから、いまさら夢なんかもたない。ただ試行は続けたい。試行しているうちにお仕舞いになれば、それが一番だ。

社会という幻想

見るともなしに眼にはいったテレビの画面で、就職活動にことごとく失敗したという青年が呟いていた。「ぼくは社会から必要とされていないんです」。

何という奇妙な考えかただろう。職につくのが容易だったり困難だったりするのは、まず第一に景気の循環のせいである。「社会」というものがあって、この人間は必要だ、あるいは不要だと判定しているわけではない。職を提供するのは企業か公共団体である。景気がよかったり財源にゆとりがあったりすれば、多くの人間を雇用するし、その逆の場合は雇用を減らすだけのことだ。雇用が減ればあぶれる人間が出てくるのは当然で、あぶれた人間は何とかして生きる途を探さねばならず、社会はそういう人を援助せねばならぬ。ただそれだけのことなのに、なぜ、社会が自分を必要としていないなどと考えるのだろう。

社会とは企業や公共団体のことではない。ちゃんとした企業や公共団体の就職試験に通らなかったからといって、社会からおまえは要らないよ、死んでしまえと言われたように思いこむのはいったいなぜなのだろう。

あるいはこの青年は、小学校以来、教師から「社会に貢献できるような人間になりなさい」と言われ続けてきたのかもしれない。いや、かもしれないじゃなく、きっとそうなのだろう。「社会」には自分が必要とされるポストがあって、そのポストを与えられて、「社会」という機械の必要なひとこまとして有用な役目を果たすというイメージが、こびりついているのであろう。

「社会」は出来上がってしまった絶対的存在なのだ。それから認知され、必要な一員と判定してもらえないと生きてゆけないのだ。何とおそるべき「社会」のイメージであることか。教師からそんなことを教えこまれたのでは、というのが私の偏見ならば、いったい誰が吹きこんだのか。新聞かテレビか。

私は二十歳代《はたち》のころ、どうやって飯を喰っていいのか、わからなかった。結核がまだ完治していなくて、おまけに共産党はすでに離れていたものの左翼であった。こんな自分を傭ってくれるところがないのは百も承知していた。女房に寄食していたが、ガリ版を切ったり、競輪場の切符切りをしたり、せめて自分の小遣いぐらいは稼ぐように務めた。

つまり私の頭脳には、社会には自分に勤め口を提供する義務があって、それが提供されないのは社会的無用者と判定されたからだといった奇妙奇天烈な考えは、はなから浮かびようがなかった。私だけではない。失業や低賃金労働に苦しんでいた同時代の若者すべてが同様だったと思う。

第一自分は、社会がおまえが必要だと言ってくれるから生きているのではない。社会がどうであろうと、自分は生きたいし生きてみせるのだ。社会がおまえは危険だから排除すると言ったって平気だ。そう言われることが生き甲斐なのだから。思想のことを言っているのではない。この世で順調なコースをたどれなかったあぶれ者は沢山いて、しかもそのことで、自分の存在を否定されたなどとおかしな考えに逃げこまなかったのは、みなあぶれ者として根性と意地があったからである。

人は社会から認められ許されて生きるのではない。社会など知ったことか。社会に役立つとか貢献するとか知ったことか。まず自分がいて生きてみせる。そういうひとりひとりがいやおうなく関係を結んで、社会なるものが出現するのだ。藤村は「自分のようなものでも生きたい」と言った。まず生きようとすればよい。ちゃんとした職がなければないで、石にかじりついても生きてみせればよい。

なまじ社会のために人のために役立とうなどと思いこむ、あるいは教えこまれるからこそ、たんなる不景気による就職難を、社会の中で果たすべき役割から排除された、「社会」から不必要だと言われたと解釈する。そもそも人は社会に役立つために生まれたのではないことを、互いに認め直そうではないか。社会に役立とうが役立つまいが、人はすべて、生きよ、おまえの生にはそれだけで意味があると告げられている。誰が告げているかだって。天が地が、鳥が樹が花がそう告げている。まず自分が生きるように命じられているからこそ、すべての「自分」がそう命じられているからこそ、自分にとって他者が出現する。他者を思いやるという課題が生じるのだ。

しかし、そんないささか気はずかしい理屈をこねなくても、仮に社会が自分を必要としていないと感じたとしたら、なぜ反発せずに悲しげにうなだれるのだろう。歯がゆいといったらない。必要としないならしないでいいよ、おれは生きて見返してやると、なぜ居直らないのだろう。それはおそらく、「社会」というものがヒューマニズムと民主主義と正義の権化として、彼の前に現れているからだ。「社会」は正しいのである。その社会からおまえは要らぬと言われたと思いこんだのだ。死にたくもなろうではないか。この青年をそういう「社会」の幻想から解き放ってやりたい。社会とはそんな立派なものではない、かなりでたらめでいい加減なものだ。だから就職難だって生じるのだ。そんな便宜的な仕組みにすぎぬものに見放されたなどと悲観することはないと、わからせてやりたい。しかしそれは、現今の世の中では、かなり難しい仕事になりそうな気がする。

老いとは自分になれることだ

老後というのはふつう、一生の仕事・勤務から引退して、自由（もしくは不安）になった状態を指すのだろう。ところが私は、生涯勤めというものをほとんどしてこなかったので（予備校で働いたのは確かだが、これは九十分いくらのギャラをいただいただけで、勤務したわけではない）、人生の最初からいわば老後みたいなものであった。

だから、停年になって家ばかりに居て、何をしていいのかわからない、といった心理とはまったく縁がない。若いころと寸分たがわぬ暮しを、いまもしているだけである。といっても、生物的な老いは容赦なく襲ってくるし、何よりもこたえるのは、親しい人間が次々と逝ってしまうことだ。眼がかすんで、何だかこの世も遠くなったようだ。

そのかすんできた眼で、これまですごした自分の一生を眺め直すと、人生の大事とはごくささやかなこと、つまり狭い身のまわりの私事のうちにあることが、つくづくと思い知られる。

もちろん、人間にはすべて公務というものがあって、社会の一員として、何らかの領域で責任なり抱負なりを遂げるわけだろう。だがその公務（私企業たりとも社会の必要に応ずる公務である）たるや、今日のように人間の社会機構と文明的装置が肥大化し、各人その恩恵を受けているから、その分に応じて、おれは知らないよというわけにはいかずに引き受けているだけの話ではないか。

サルの集団でも、ボスザルやワカオスザルには、集団を維持する上で一種の公務があるようだ。だが、そんなものはサルが生きていることのほんの一部で、サルはただそれぞれ一匹のサルであればよい。彼らの世界には、教員ザルとか警官ザルとかジャーナリストザルなんて、いやしない。

もちろん人間はサルではないから、話が複雑になるけれども、生きている基本はサルと変らないということが大事だと思う。自分をとり巻く他者と事物との交渉、つまり食って寝て、セックスして子を育て、仲間とつきあい、風景を眺めるということが一切で、そのなかに生きることの充足（よろこびや悲しみも含めて）がなければ、サルにとっても人間にとっても、生はただ空しい苦業である。

他者を支配して権勢をふるってみても、引退して地位を去ればそれまでのことだ。社会的に認められる業績を積みあげても、そんなものはすぐに忘れ去られる。つまり老後とは、自分が一生を費して築きあげてきたと思っていた一切の社会的看板、すなわち肩書きが無意味になる境涯なのである。老後になってもそれにしがみつき、それをひけらかそうとしても、ただ老醜というだけのことだ。

人間は本来、肩書きのない一個の生きものなのである。それぞれ肩書きがついて、それによって自分が何者かであるかに思いこむのは、人間が社会という仕組みに組みこまれざるをえないことからくる仮象であり、錯覚なのだ。老後とはその錯覚からさめるときである。

老いて、一生の何を思い出すというのか。赫々たる威権を振るった自分の姿か。名声の絶頂にあった日の満足か。そうではなくて、もっとささやかな事柄、死んだ妻の若き日の面影、愛らしかったわが子の笑い声、あるとき見かけた樹木や花々や、街や山河の風景、すべてそういった何気ないものこそ、自分の生の実質だったことに、しみじみと気づくのが老いるということではなかったか。

老いが生理的に苦しみであり不自由であるのはいうまでもない。だが、社会から解放されて、ほんとうに自分になれるのが老いの功徳なのだ。評判を求める必要もなく、人に好かれねばならぬ理由もない。友人は若いころ以上に大切にしたいと思うが、かといってなければなくていい。友情への幻想がさめた分、かえって友人を尊重できる。そして、これは私だけのことかも知れないが、女人がますます愛すべきもののように思われてくる。彼女らのおかしなところ、ばかげたところはますます見えてくるけれど、女人が男にとってどれだけ貴いものかということが、やっとわかってくる。

威張る必要もない。他人と競う必要もない。ただ自分が自分でありさえすればよく、その妨げとなるものは振り捨てればよい。自分が自分であるとは、何が自分にとってほんとうによろこびなのか、見極めがつくということだ。かくて、生きる方針はシンプルになる。恰好つける要はなく、ただ自分を正直にさらせばよいのだから。

最後に言わねばならぬことがある。そういうふうに、幼児にかえるようにわがままになるのが老年だとしても、長くこの世にあって迷惑をかけてきた以上、人間とは何者なのか、彼らの社会はどうすればいくらかでもましなものになるのか、暇に任せて考えていく責任が、やはり老人にはあるだろう。ただ声高に叫び立てるのははた迷惑だ。そっと呟くだけにしたい。

文章語という故里

おそらく北京や大連で育ったせいだと思うのだが、歳をとるにつれて、自分がこの国の街並みや山河を、ついになじみきれぬ異国のように感じているのに気づいて、たとえようのないさみしさを覚えることがある。といって、育った大陸の風土がなつかしいわけではない。それは最初から異国そのものであって、そのことを意識させられながら少年期を過したために、地球上どこへ行っても、人間がつくりなす社会と風土に、そのゆたかさや美しさを賞美することはあっても、心から帰属する安心を覚えにくい自分ができあがったのか。

というわけで、そもそもどこへ行っても異邦人である私に「日本への遺言」があるはずはない。もちろん、長くこの地で過してきた人間として、あまり変な日本にならないでくれよと言いたい気持ちはある。しかし、私はもう遠からず死ぬのであるから、現に変てこりんになりつつある日本人の姿が、この先変てこりんの度合いをどう強めようが、一切は私の与り知らぬことである。あなたがたの時代なのだから好きになさるとよろしいのだ。

ただひとつお願いしたいことがあるとすれば、日本語をこれ以上ひどくしてもらいたくないということだ。日本語と言っても、口語、つまりしゃべる日本語のことではない。近ごろのしゃべる日本語のひどさについては、以前はいくらか文句をつけたこともあったが、いまはもう愛想が尽きている。「やる」という言葉をすべて「あげる」と言い換えて、それで上品あるいは人道的になったかのように思いこんでいるらしい偽善、「ちなみに」という文語的表現を時と場合にかかわらず乱発する幼稚な気どり、そして何よりも、語尾にストレスを置くあの異様なイントネーション、すべては言葉にとってもっとも大切な羞恥の感覚の全き欠如を示す鈍感さのあらわれというべく、もう何を言っても仕方がない。

テレビでたまにむかしのインタビューを再放送することがあるが、人びとの語りかたが端正で粋、そして自然なのにおどろく。何よりも感銘を受けるのは一様にみせるはにかみである。むかしと言っても、ほんの二、三十年前のことだ。言葉は時代とともに変るのが当り前だ、などと時流をおだてまくった連中の責任は、どうせ私も彼らとともにそこへ行くに相違ないが、地獄の果てであろうと追及してやるぞ、などと息巻いてみても、しょせん多勢に無勢。

私がお願いしたいというのは文章語のことだ。どうか、先達が苦心して作りあげた日本の近代文章語を滅さないでもらいたい。私が日本と根底でつながっているのは、ただただ幼少のころから日本語の文章によって育てられたからだ。私のふるさとはいわば日本の文章語なのだ。

日本の近代文章語は明治の言文一致運動のなかで生れたといわれるが、なかなかそんなものではあるまい。それが早く江戸期も文化年間には産声をあげていたことは、かの杉田玄白の『蘭学事始』を見ればわかる。実に自在暢達の名文で、現代文として読んでほとんど違和感がない。漢文はさすがに江戸期のそれもわれわれには耳遠いが、明治初期ともなれば、兆民の漢文読みくだし調の文章はまぎれもない近代日本文章語の秀逸である。

そのようにして形成されてきた日本の文章語は、世界のどの文章語に較べても、その精密さ、色合いのゆたかさにおいて劣ることはあるまい。むろん私は英語の読み書きがいくらか可能な程度で、広く世界の言語に通じているわけではないが、翻訳によって西洋の文芸評論などを読むと、近代日本の批評言語がいかに精妙の域に達しているか、つくづくと感心することがある。

その日本近代文章語の世界が崩壊したのはそんなに遠いことではなかった。それはおよそこの二、三十年のプロセスであったと思う。ひとつの例として、学者の書く文章をあげよう。むかしの先生方はみな文章が上手であった。明治・大正などと言わずとも昭和の三十年代までは、大家といわれる学者の文章は読むにたえた。幼少の頃から文章になずむのが学問と同義であったからである。ところがいまの研究者諸君の文章は読むにたえない。言葉が正しく遣えず、語法が混乱し、文意をつかむのに苦しむことさえある。ひとつは文章の訓練がなされていないからだが、根本的には、文章が書く人の生命のリズムだということがまったくわかっていないのだ。

観念の単位つまりタームと、それを連結する論理があれば文章は書けると思っている。これはコンピュータの言語で、情報の伝達にはそれで結構かも知れぬが、学問とは残念ながらそれにとどまらぬ情意の産物なのである。情意とは呼吸である。というのは学問の道具たる文章自体が実は呼吸にほかならぬからだ。近代日本文章語は精妙な息遣いを本分としてきた。その伝統がまったく失われてしまえば、学者はすべてエンジニアとなる。なんとも味気ない仕儀ではなかろうか。

直き心の日本

この国を愛すかというのは愚問であろう。愛するも何もない。私はこの国の文化と風土に育てられ、それ以外に人としての在りようを知らない。日本語という言葉で私はこの国に結びつけられている。その結びつきを愛というのなら、愛とはおよそ運命の異名であるだろう。

しかし、私は異郷である北京と大連で育った。安君や李君は学校の級友だった。また、少年の日から西洋の物語に親しんで、トニオやエヴァンジェリンは現実の友よりはるかに近しい空想の友であった。そういう私がこの国にいくらか違和を覚えることがあったのは事実だ。だが、それは珍しい話ではない。ロシア人でありながらロシアを憎み、英国人でありながら英国を嫌悪する人間はむかしからいた。いくばくかの違和を抱きながらも、日本人として生きそして死ぬのが私の運命であり、運命を愛すしかわが生を完結する道すじはない。

そういう私の運命を嘉するものがあるとすれば、ケーベルの愛した古き日本人の姿であろう。彼は明治から大正にかけて東大で哲学を講じた人で、自分にとってきわめて好ましかった日本人の性質、すなわち「その清新な本原的なところと、子供らしさと、一種愛すべき『野性』」が失われつつあると大正七年に書きとどめた。

清新な本原的なところ、子供らしさ、野性とは何を指すのだろう。私はただちに森銑三の『明治人物夜話』に録された広瀬武夫中佐の逸話を思い出す。広瀬は日露戦争における旅順港閉塞作戦で戦死し、軍神とたたえられた人物だが、それはそれとして、純真きわまりない人柄であったらしい。八歳で母を失い、かわりに育ててくれた祖母を慕ったのは当然としても、彼女が八十歳を迎えたとき、褌ひとつのまっ裸の写真を送ったのは尋常ではない。その裏に認めていわく。「吾ヲ生ムハ父母、吾ヲ育ムハ祖母、祖母八十ノ賀、特ニ赤裸々五尺六寸ノ一男子ヲ写出シテ、膝下ノ一笑ニ供ス。頑孫武夫、満二十八年」。

ここには何のてらいも作為もない。あるのはただ真情であろう。おばあちゃん、こんなに大きくなりました、あなたのお蔭ですという、二十八にもなった男の朗々たる心であろう。この祖母が死んだとき、武夫は十日間泣きあかしたと伝えられる。武夫だけのことではなかった。親であれ師であれ、大事に思う人が死ねば、むかしの日本人は手放しで泣いたらしい。それも全身没入的な泣きかたであった。

武夫はロシア留学を命じられてペテルブルグに在ったとき、公使館付き武官の八代六郎（のちの海軍大将）からかわいがられた。その八代が帰国することになって、後任に武夫を推したが頑として受けない。手を替え品を替えて説いてもきかないので、さすがに八代も腹を立てたが、見ると武夫は「滝のように」涙を流している。ここに至って八代は「負けた」。何に負けたのかというと、この男の嘘のない真情に負けたのである。

私はまた、森銑三の録する山田一郎の遺事を思い出す。一郎は明治十五年に東大法科を卒業した秀才であるが、そのわりには生涯大してなすところもなく、犬養毅から「天下の記者」と異名を奉られるに終った。その彼に忘れることのできぬ一奇行がある。

一郎に小林堅三という後輩があって、一郎の死ぬ前の年に著述を出した。それを知った一郎、書を寄せていわく。「余の祖母は一郎の得た月給で何か一品でもたべたいと、口癖のようにいっていた。そこで余は初めて月給十五円をもらったとき、二円を送って祖母の好きな酒と肴を求めさせた。祖母はふた月あとに死んだ。もし死に間に合わなかったら、終生の遺憾となるところだった。余はまだひと月ふた月で死ぬ身ではないが、兄が自力で得た金で一杯飲みたいと思う。ただし兄の都合もあろうから五十銭以上一円以内ということにしたい。金はすぐなくなるものであるから、報酬御受取り次第、印紙で郵送されたい」。

何という虫のいい非常識な手紙かと思う人がいれば間違っている。この手紙を受け取った小林は一読して泣いたということである。彼には一郎のこの振舞いが奇矯をてらったのではなく、掛け値なしの真情であることが即座にわかったのだ。君の得た金で一杯飲みたいというのは形はたかりに似ても、実は後輩にかけた一郎の思いであった。

ケーベルのいう日本人の本原的なところ、子供らしさ、野性とは、広瀬武夫や山田一郎の言行に表われているような、真情を率直に表出して憚らぬ明朗至純の心性を指すのだろうと私は思う。これはわが国の古い文献の記す直き心赤き心、つまりはきたなき心の反対といってよいが、その直き心は道学的な潔癖を意味するのではなく、ユーモアとも戯れ心とも無縁ではなかった。

武夫の場合、褌ひとつの写真は彼のユーモアにほかならず、自分では酒を飲まぬ彼は八代の飲酒に寛容で、八代は彼を自分の介抱人と呼んでいた。一郎の場合、小林への手紙自体があそび心を含むのはもちろん、「読売新聞」に寄せた文章中に引用した古人の歌がことごとく贋作であったというのでも明らかなように、この人は性来のいたずら天使として一生を棒に振ったのだった。

映画の例をとるならば『無法松の一生』の無法松、『王将』の坂田三吉を思い出してもよい。坂東妻三郎が演じたあの男たちは、広瀬武夫や山田一郎とおなじように邪気がなくかわいらしい。私たちの周りには、彼らのように虚飾も名誉欲もないかわいらしい男たちが、かつては大勢いた。そのような男たちを忘れまい、そして彼らを鑑としておのれの生を照らそうと思う心が、いうなれば私の「国を愛する心」である。自分が何様であるかのような、横柄で気取った表情でみちみちた今日のこの国であればこそ、あえてそういう思いが抑えがたい。

三島の「意地」

私は三島のことは何ひとつ知らない。著作もあまり読んでいない。だが、彼が自決したとき、その死にざまをあざ笑ったり罵ったりする連中に、言いようのない嫌悪を感じた。それはひとつには、当時私が〝水俣病闘争〟なるものに関わっていて、けっして望んではないが、その局面によっては死なねばならぬこともあるかと、ひそかに考えていたからかもしれない。少年のとき以来のロマンティシズムの、最後の発作だった。

ある言説を説くならば、その言説のために死んでみせねばならぬ、という幼い倫理に私は縛られていたのだろうか。というより、幻と知りながら幻に死を賭ける甘美さが私を誘ったのか。いずれにせよ、死んでみせた三島をあざ笑う者たちが縁なき衆生に感じられた。

三島が自決の数ヵ月前に『サンケイ新聞』に書いたという一文を読むと、彼の死が倫理にも、ある種の甘美さにも関係がないことがよくわかる。もう生きられないとこの文は言っているのだ。戦後二十五年間、鼻をつまんで生きて来たが、もういやだと言っている。当時の私は自分なりに、戦後という時代に深い疑いをもつようにはなっていたものの、三島ほどの同時代への切迫した違和を覚えていたわけではない。むしろ、同時代への違和に苦しめられるようになったのは、彼が死んでからのちの四十年間である。そう聞けば泉下の三島は哄笑するだろう。

三島はある時期まで自分は芸術至上主義者と思われていたが、それは冷笑によって時代に抵抗しようとしたからだと言っている。私が彼の作品になじめなかったのは、まさに、そういう彼のシニシズムの擬態のせいだった。そういう擬態はもうやめたと彼は言っている。そのとき彼はおそろしいほど素直になった。『産経』の一文など、てらいも構えも放棄した率直のかたまりである。私が彼の自決をけっして辱めまいと思ったのも、すでに彼のそういう本当の姿を感得していたからだと思う。

では、彼は何に対してついに鼻をつまみきれなかったのか。戦後民主主義の偽善と言ったって、どうしてそれが、死なねばならぬほど耐えがたかったのかわからない。むろん、彼の著作をひっくり返せば、そんなことは書いてあるはずだ。だがいまは、「無機的な、からっぽな、ニュートラルな、中間色の、富裕な、抜目がない、或る経済大国」という、彼が描いてみせたこの国の未来像だけで十分である。私自身、彼の自決の当時、そういう日本の未来図を予感していて、生きがたいおそれを感じていたからだ。

私と三島の接点はそこにあったのかもしれない。三島が『奔馬』で神風連に関心を寄せたのは周知のことである。私はすでに神風連について文章を書いていた。木戸孝允が手紙に書いたように、彼らの一挙は愚行であったろう。だが、人間が自覚して愚行を選べぬようになってはおしまいだ。愚行をけっして犯すことのない賢人は嫌いだ。一生を愚行で締めくくった三島は、必ずやその点で私に同意してくれるだろう。

三島の一文の中で、もっとも私の共感を誘うのは「男の意地」という一語だ。信念など時代によっていくらでも変るのである。だが、そこで踏みとどまらせるのが「男の意地」なのだ。山田風太郎の敗戦日記は、信念が徐々に風化する物語である。だが彼は、特攻に散った青年たちを犬死とする視点だけは拒否した。それが風太郎の「男の意地」であった。戦時中に夢みた生活の安楽が戦後実現されたときが、自分の退化の始まりだったとさえ彼は言っている。

退化とは何か。精神の緊張と崇高なものへの感覚を失うことが、風太郎の言う退化だったろう。三島の「男の意地」もおなじことにこだわったものと読める。ニタニタ笑いが一世を蓋い、自分のグウダラ振りが自慢の種となるに至った今日まで、生き永らえることのなかったのは三島の幸福である。

もちろん私は、戦後が達成した一面を死守する点で、彼と立場がことなる。しかし、そんなことより私が残念なのは、彼がエウリピデス、大伴家持以前の精神と肉体の一致という、どんなヨーロッパ作家も企てなかった壮挙をめざしながら、戦後否定という約束を果すためには、文学などどうでもよいと見切ってしまったことだ。「政治家の与えうるよりも、もっともっと大きな約束」は、あくまで作品によって示されるべきだった。それができなくなったからこそ、創造の泉を汲みつくしてしまったからこそ、行動で「約束」を果すしかなかったのではないか。

それを、三島における文学の敗北などとあげつらうのはよそう。だが、現代において肝要なのは、死んでみせることではなく、生きのびてみせることなのである。生きのびることは、時代への嫌悪に耐え、自分の課題を最後まで追究しつつ中道で斃れることである。戦士はそうあっさりとは腹を切らない。

つつましさの喪失

ひとつの精神的崩壊のただなかに、私たちは生きることを強いられているのだと思う。精神の崩壊とは社会のカオス化でもある。それはいつ始まったのだろうか。ポストモダニズム風の面白文化が一世を風靡した八十年代というのは一応の答えだが、実はもっと遡って、大学紛争の始まった六十年代末にその端緒を認めるべきなのか。いずれにせよ、播いた種はいま刈りとられつつある。その種は今日のような崩壊を予期して播かれたのでは、決してなかったのだけれど。

社会のカオス化は、これまでは考えられなかったような犯罪と逸脱が、上層の政財界から社会の下層にいたるまで多発するようになったことに示されている。異常な犯罪は人性の常で昔からあったというもっともな反論も、この期に及んではいささか影が薄い。なぜなら、人々が気づき始めた崩壊の表象は、単に犯罪にとどまるものではないからだ。おそらく、人々はそれまで自分たちの行動をせき止めていた歯止めが消失するのを目撃しているのだ。ダムはいまや決壊しつつある。

しかし、歯止めが失われてやりたい放題の世の中になったという印象が人々を支配したのは、なにもいまが初めてというのではない。歴史にはそういう時期が数々存在したし、近い時代では大正の中期がそうであった。宮崎滔天が当時の人心の悪化について、「悪事のあらん限りを尽くさざれば一生の損だぞ、という言葉が世間一般の合言葉になった」と書いたのは大正十年のことである。

当時決壊しつつあったのが明治の愛国＝愛郷主義というダムだったとすれば、いま目前で決壊しつつあるのは戦後の進歩主義的倫理という名のダムということになろう。敗戦直後の理想の模索と、高度成長期を通じる奮闘努力を経験した世代の多くは、こんなつもりではなかったがという思いにとらわれているはずだ。何が悪かったのか。古い社会的規範を否定したのはいいとして、新しい規範を創りだすことに失敗した結果が今日の有様なのか。

だが、ある時期の社会を統合した価値観が動揺し崩壊したというだけのことなら、それは歴史上いくらもあったことで何も嘆くにはあたらない。新しい価値観のもとに、社会はふたたび統合され安定をとりもどすに違いないからだ。その場合、新しい価値観による社会統合のありかたを自分の見知らぬ異相として嘆きおそれるのは、歴史上たびたび繰り返されてきた老いの愚痴ということになろう。

「人類はかつてない新しい存在の次元に入ろうとしているのだ。資本主義文明は人類の新しい次元を開いたが、初期には混乱と弊害を免れなかった。いま生じている異常とも見える現象は、それと同じ新しい段階の初期の混乱にすぎない」。このように説く人はいる。そうなのかも知れない。

だが、この言説は符号を逆にして読むことができる。新しい存在の次元とは精神的虚無であり、初期の混乱が収まるというのは、そのような新次元に対して精神の本能が示す錯乱が治療され馴化されてしまう恐怖の事態に他ならぬといったふうに。

いま起こっていることは社会的規範が弛緩した結果ではない。あまりに自由になりすぎたとか、しつけが忘れられていたというのは皮相な言説である。禁煙ひとつとっても、セクハラ防止ひとつとっても、社会的規範はかつてなく強化されている。平等で快適で健康な社会環境を実現すると称して、言葉遣いにいたるまで神経症的に監視されているのが私たちの現実ではないか。

だが、そのように強化された規範群をよく観察するなら、それらが交通法規のようにニュートラルなルールの集合であることに私たちは気づくだろう。その背後に倫理はない。周りに迷惑をかけないとか、相手を傷つけないとかいうのは、ひたすら個人にとって快適な社会環境を求めてのことで、何のことはない、豊かで自由で快適な生活を享受するためのマナー集なのである。

「してやる」という言い方が、「してあげる」という言い方に全面的に置換されたのはいつのことであったか。「してあげる」というのは、もともと親が子どもにたいして、あるいは恋人どうしが用いた言葉なのに、「してやる」という言い方が家父長的粗暴さを感じさせるのか、あるいは世を挙げてのやさしさ志向にぴったりなのか、いまではプロ野球のむくつけき男どもに対してまで「あげる、あげる」の連発である。「一軍で使ってあげたほうがいい」なんてテレビの解説者がのたまうのを聞いて、プロ野球がいつ幼稚園に化けたのだろうと奇異な念に誘われるのは私だけらしい。

私たちが生きているのはこうした猫撫で声のみちみちた社会なのだ。何のための猫撫で声か。たがいにしあわせで楽しい気分でいるのを妨げないためで、今日の変挺子でいやな世相といわれるものの反面は、社会の表層に瀰漫するあっけらかんとした多幸感なのである。あるいはそれはいつも楽しく盛り上がらなければならないという強迫感なのかもしれない。だとすれば、忍び寄る崩壊の予感の裏側は、いやその表づらは人心の多幸症化の際限もない進行ということになるだろう。

失われたものが社会的規範ではないとすれば、それは何なのか。生きるうえでの根拠についての確信が失われたのである。その確信とは自分の生にまつわる制約についての納得といってもよろしい。自分がある地域、ある社会階層、ある家庭にある身体条件をもって生まれつき、ある境遇、ある職業、ある運命のなかに生を過ごさねばならぬことを得心し、平静な心と素直な感情でその束の間の一生を生き通すというのは、いかなる凡人であれ私たちの父祖がついこのあいだまで身につけていた生のスタイルだった。

彼らの有名な自己抑制はそこから生じたのである。どのようにつつましく無名な存在であろうと、この世界のうちに自分の生が確かに根拠づけられているとすれば、何のために自分をひけらかさねばならぬことがあろう。自分を顕示し、自分の感情を露出するのは恥ずべきことであった。受苦も自分がこの世界に根をもっていることの表われであって、騒ぎ立てるべきことではない。

幕末から明治初期にかけて来日した西洋人たちは、彼らの自己抑制について数々の証言を残している。ある者は河川を航行する蒸気船に乗り合わせた女性たちが、エンジンが不調でいまにも爆発しそうなのに、平然として表情も変えなかったのに深い印象を受けた。これが西洋ならば、婦人たちは必ず泣き叫んだに相違なかったから。またあるものは招かれてある屋敷に泊まったとき、朝になって昨夜この家の主婦が出産したと聞いて一驚した。なるほど、深夜足音は聞こえたけれど、出産につきもののはずの叫び声や騒ぎは一切耳にしなかったからである。彼が主婦に会って忍耐を賞賛すると、彼女は即座に言った。「このような時に声を立てる女は馬鹿です」。芥川の有名な短編『手巾』の例をつけ加えてもいい。息子を失った婦人は息子の恩師に平静な笑顔で応対したが、テーブルの下に隠れた両手の間にはは り裂けそうにハンカチが握り締められていた。

私はことの良し悪しを言っているのではない。出産に当たって声を出す女が馬鹿であろうはずはない。子規は病苦に泣き叫んだと言われるし、そのような喜怒哀楽の自然な流露もむかしの人々は尊んだのである。彼らの慎みと自己抑制が顔つきの無表情となって表れるとき、西洋人とてもけっして肯定的には受けとらなかった。私が言いたいのは、このように身についた自己抑制はむろんさまざまな事情から成立した社会的慣習であろうけれども、ことさらに己を言い立てひけらかさずとも、それぞれの分に応じた一生に安心を抱くことのできるメンタリティと無縁ではなかろうということなのだ。

私はいま分と言った。そのことに封建的な身分制度を肯定するものだなどと、間違ってもイチャモンをつけてもらうまい。自分の分際を知るのは身分制であろうがなかろうが、わが人生を歩み通す上での第一歩なのだ。自分に何らかの才能が備わっていなくとも、美しく生まれついておらずとも、社会という構築物の上層で時めく才覚がなくても、自分は欠けるところのない人格なのだし、森羅万象とも他者とも創造的な生ける交わりを実現する上で何の支障もないと自得すること、それを分を知ると言う。

チャールズ・ディケンズはこの分ということを考えた作家だった。『大いなる遺産』は下層に生まれた少年が紳士になる夢を見て、結局はそれが破れる物語だが、彼の罪は何よりも、自分を育ててくれた姉婿のジョーが無知で貧しい鍛冶屋であるのを恥じたことである。このジョーこそ、英文学が創造したもっとも偉大な人格のひとりであって、その偉大さは鍛冶仕事と仲間とのつきあいのほかに、自分にとって人を人たらしめる生ける交わりはないと、誰に教えられずとも自然に得心した生きかたにあった。

しかし、このような庶民のディーセンシーへの敬意はジョージ・オーウェルに引き継がれたものの、英国社会でもすでに死に絶えつつあるのかもしれない。だとすれば、話は日本に限らぬことになる。だが、いまは話をひろげずに、最近の日本社会で目立つ異常な自己顕示癖について、日頃感じていることを書きつけておきたい。

私が最も異常だと思うのは、犯罪の多発でも政財界のタガの緩んだようなスキャンダルでもなく、この頃の人間の表情の変わりかたである。慎ましくて自然な表情は非常に少なくなった。何様でございますかと尋ねたいような、横着で威張った顔つきがふえた。おえらいさん、庶民の別を問わずそうである。街頭でマイクやカメラを向けられると、昔ははにかんだものだが、いまは訳知りの評論家顔である。とくに若者の気どりかたは尋常ではない。うぶな表情、自然な語り口など地を払って久しい。

生きかたは何よりも話しかたに表れる。語尾をのばしてはねあげる話法、単語に強烈なアクセントをつける話法は、いまや老若男女を問わず蔓延しているが、これはそもそも教師やセールスマンがなかなかうんと言いそうもない相手に、これでもかこれでもかと自分の主張をおしつける話法なのである。しかも、だらだらと語尾をのばせば、無限に自分の言い分を垂れ流すことができる。それはもはや会話ではなく、自分の押し売りとしか言いようがない。以前は誰もが語尾を控えめにきれいに言い切るのが慎みだと思っていた。むかしの映画を観ると良い。女優たちはみな語尾を短くきれいに言い収めている。

さらにあの滑稽な、何かものを言ったあとで「うん」と自分に相槌を打つ習慣はいつ始まったのだろう。まるで自分の言ったことに自ら感心しているふうで、こんなことは昔ならそっくり返った田舎政治家しかやらなかった。今ではデパートの売り子が客に対してそれをやっている。

それもこれもすべて自分を目立たせたい気どりやもったいぶりなのだろうが、自分を顕示するのが気恥ずかしいという以前なら誰もが持っていた感情が死滅したのは、この頃の流行歌手の眉をひそめて泣かんばかりの表情や気味の悪い作り笑いを見れば明白である。声も朗々と出さず、ささやくかと思うと絶叫してみたり実にいやらしく技巧的だ。ピアノの場合だって、デュナーミクにばかり頼るピアニストは下品だとされるのに。

東海林太郎の例の直立不動がいまや懐かしい。二十世紀最高のヴァイオリニスト・ハイフェッツは子どものころ父親から、演奏中に表情や身振りで感動を表そうとするのは卑しいことだと強く戒められ、一生その教えを守った。ハイフェッツと並称されるオイストラフも東海林太郎と同様直立不動だった。ところがこのあいだ、国際的存在とされる日本の女流ヴァイオリニストの演奏をテレビで観ると、苦悶の表情を浮かべ身振りといったらくねくねと蛇のようである。私たちはかくのごとく、自己陶酔的で羞恥を知らぬ心の持ち主に成り下がったのだ。

こういった現象の根底にあるのは、自己実現という言葉にこめられた途方もない思い込みではなかろうか。この当世流の思い込みによれば、自分には人とは違う個性・才能が隠れているはずで、それを発見して世間で目立つ存在になるのが自己を実現するということなのである。だとすれば、平凡で無名の存在として生きかつ死んで行った父祖たちは、悪しき時代のせいで己の個性も才能も埋もれさせたまま、あたら一生を空費した惨めな存在ということになる。

むろん、この国の近代の初発を彩った思い込みのひとつは、明治の立身出世主義であった。だが、それにはいかに欺瞞的であれ、人としてあるべき姿を求める求道心、ないし世のため人のためという公益心がまとわりついていた。求道も公益も信じられぬ現代では自己実現はただ、アタッシュケースを提げて世界をかけめぐる重要人物になりたいとか、華やかな場面で脚光を浴びる有名人になりたいとか、フランスのシャトーを買って最上のボルドーを飲みたいとか、虚飾と現実的成功という臆面もない価値基準の表出になりおうせている。

しかし、どんなに幼いときからピアノやヴァイオリンを習わせても、すべての人間が名のある演奏家になれるわけではない。またすべての人間が重要人物や有名人になれば、重要とか有名という概念自体が成立不可能となる。自己実現とは、競争を勝ち抜いて限られた座席を獲得することを意味する。そういう意味で自己を実現せねば人と生まれた甲斐がないというのなら、競争を勝ち抜く戦略が必要になる。目立たねばこの世の片隅に追いやられるのである。このような自己顕示の強迫観念がいかに強烈な鬱積や心のゆがみを生み出すか、もはや想像の必要もあるまい。

しかも忘れてはならぬのは、現代風に理解された自己実現が、いまや社会全体を覆い尽くそうとしている情報技術空間の中に自己を深く組みこむのを必須の条件としていることだ。自己の能力を開発もしくは発揮するために情報を処理し操作するうちに、自分が情報技術システムに接続されたユニットと化していく。自分がシステムに適合してその一部となればなるほど、高い成功の報酬が得られる。

もともと人間は自然という森羅万象の喚起する想像力によっていまある「ひと」となったのだし、人間仲間とともにあらねばならぬことによって「われ」を自覚したのである。精神といい人格といい、自然という他者、仲間という他者との苦痛すらも含む交わりのうちに成立した表象である。そのようなよろこびと苦痛を含む交わりのなかで、己の精神なり人格なりが彫りあげられてゆく経験など一切経ることなくして、情報システムの精度の高いユニットとして作動し続ければ、自己実現という当世唯一の価値が達成されるというのなら、精神も人格もそのとき死語と化すのは当然ではないか。ゲームのプレイヤーには精神も人格もいらない。必要なのは才覚と根性だけだ。

現代が到達した地点とは、おそらくそういうものだと私は思う。してみるといま生じているのが、歴史上たびたび観測された人心の荒廃をはるかに超えた事態であるのは明白ではあるまいか。だが、絶望はしまい。私たちは少しばかり想い起こすだけでいいのだ。自然と仲間とのゆたかな交わりのうちに無名の一生が完結することに何の疑いももたなかったのが、ついこのあいだまでの人間のあたりまえの姿だったのだということを。

現代人気質について

お招きにあずかり、ありがとうございます。今夜は現代の日本人の気質についてお話をするつもりですが、まず二つほど断っておきたいことがあります。一つは、私の話は要するに、当世の人間の顔つきやもの言いが気に入らぬということになりますが、老人が時代の変遷についてゆけずに憤懣を覚えるのはいつの時代にもあることですし、そんな老いの繰り言をみなさんにお聞かせしても仕方がない。なるべく老人の愚痴にならぬように気をつけますけれど、お聞き苦しい点はご容赦願います。

もう一つは、今夜話をお聞きいただく皆様が、精神医療の最前線で実践なさっている方々だということに関わります。私の話は勢い現代人の精神病理といったことに及びます。精神医療の現場で日々苦闘なさっている方々からすれば、さぞかし素人の無責任な感想に聞こえることと思いますが、この点も何かのご参考になればということでご勘弁下さい。

私は、言葉の職人として世を渡って来た者でありますから、まず現代、といってもこの一〇年ばかりの間に目立つようになった言葉遣いから話を始めたいと思います。私が近年何よりも気になって仕方ないのはいわゆる語尾のばしの現象です。「あたしがああ、バスに乗ったらああ、先公がああ、あとから乗ってきてええ」という話し方で、若い人はほとんど全員、中年のおじんおばんも大部分、爺さん婆さんのくせにこれをやっている人も少なくありません。テレビではさすがにアナウンサーはやりませんが、それ以外の出演者は全員やっております。よく聴くと、これは単に語尾をのばしているだけじゃなく、——は、——が、——を、——にといった助詞のところで語句を区切り、語句の終りにくる助詞をとくに強調してはねあげ引き伸ばしているのです。平坦に「それが」というのじゃなくて、「それがあ」といった風に極端にはねあげる。これは一体何でしょうか。三〇年ほど前の映画を観てみると、誰もそんな話し方はしていません。

この語尾のばし話法は何から始まったのでしょうか。四〇年程前、例の学園闘争のころ、全共闘の学生諸君が「われわれワァ、断固としてエ」と演説しておりました。この中にも覚えのある方がいらっしゃるんじゃないかと思います。でもそれは演説の中でだけのことで、日常会話で今日のような語尾のばしをやる学生は一人もおりませんでした。私はこれはどうも学校教育の中で始まったのじゃないかと思います。三〇年ほど前、中学校のホームルームを参観していますと、生徒が、「――と、先生が、おっしゃいました。ボクは、そのことを」といったふうに、助詞ごとに言葉を区切って調子をつけて話すのに、ちょっと驚いたことがあります。つまり教師は生徒に知識をたたきこもうとして、「いいですね、主語の次は、動詞が来る。目的語は、動詞の次に来る」といったように一句一句区切り、助詞に力点を置いて話す。昔の教師はそんな話し方はしなかったようですが、今の教師はそういう話し方をする人が非常に多いのじゃないでしょうか。それがまあ、生徒に移り、その生徒が大人になって、助詞に力点を置く話し方が語尾のばしになった。当っているかどうか知らないが、私はそんなふうに想像しています。

この語句をいちいち区切るというのは、今日の政治家にも見られる習慣で、例の小沢一郎という方は、さすがに語尾のばしはしませんが、一句ごとに間を置き、しかもそのたびに首を振っています。ハッ、ハッ、ハッといった話し方で、これは彼の確信、自信の表現だと思います。自分の言い分を一語一語明瞭に相手に叩きこむぞといった話し方なのです。政治家というより、いかにも教師風、説教師風の話し方です。それは非常にドグマティックでもあります。

この語尾のばし語法については、新聞や雑誌に書いたことがありますので、また言っているとお感じになる方もありましょうが、私はこれが現代日本人のメンタリティの端的な表現だと思うので、今夜もここから話にはいりました。小沢氏の語句区切り話法は語尾のばし話法の原点であります。つまり語尾のばし話法の意味するところは、オレの言うことは正しい、文句あっかというメンタリティの現われなのです。相手と対話するのではなくて、自分の言いたいことを垂れ流す話法なのです。実際に語尾のばしをやってみますと、これより楽な話法はありません。何か発話するときは、自分の言いたいことを頭の中でまとめて、きれいに言い収めようとするのが、うまく行くかどうかは別として、昔の人間の心掛けでありました。だから口下手は言いよどむことにもなったのです。ところが、語句ごとにのばして間を置くと、次から次にどれだけでも自分の私意を垂れ流すことができます。すなわちこれは相手に自分を押しつける話し方なのです。その分、相手の言い分には聴く耳を持ちません。非常な自己肯定、独我論に近い存在意識の表現です。

一方、「——じゃないすか」という話法が今はさかりです。修辞疑問文というのは昔からある訳ですけれども、この「ネスパ」「isn't it」という修辞疑問文にはもともと「違うとは言わせんぞ」という押しつけの気味があることは確かです。しかし、若者が愛用する今日の

「――じゃないすか」には、何か相手にすり寄って来る感じがあります。すり寄りながら自分を押しつけてくるのであって、語尾のばしと著しく似た語感があります。

他者から規制される関係をなるだけ最小にして、互いに自己を垂れ流しあう「やさしい」関係を作るということでありましょうか。対社会的に整った話し方、つまり自己規制した表現から逃れて、緊張のない、ダラーッとした自己表現をしたいということだと思います。これは服装・動作の点にも関わって来ます。今の男の子は青年にいたるまで、ダラーッとした頭陀袋的服装を好むようです。若者だけじゃなく、いい年のオッサンまでトレパン姿のようなイージーな服装で街をのし歩いています。きりっとしたとか、きびきびしたとか、そんなイメージは若者からまったくなくなりました。青信号で道路を横断するときも、今の子どもや青年は男女を問わず、わざとのようにゆっくり、ぐずぐずしています。つまり他者の都合を考えたり、他者にゆずったりすることが、何か自分の面目に関わることのように感じられるらしい。非常に肥大した自己意識の表われといってよろしいでしょう。オレは規律なんかに縛られる人間じゃないぞ、という訳です。中学校の前を通ると、たまたま校庭清掃の時間らしく、数人の生徒が箒を持って立っています。実際に掃いているのは一人もいない。ただ集まって話をしながら、申し訳に手に持った箒を左右に動かしているだけです。異様な光景ですが、これも規律や命令に従うのが非常にダサイ行為とみなされている証拠でしょう。

私が気がついていることのひとつに、現代の日本人の表情がまるで何様であるかのように気取っているという事実があります。話し方も気取って、とても技巧的です。最近よく使われますのに「特段に」という言葉があります。「特に」と言えばいいのにそう言うのです。これはもともと官僚用語じゃないかと思うのですが、この「特段に」というのも気取りなのですね。「ちなみに」という言葉が濫用されるのも気取りから来ています。ひとむかし前までは、会話で「ちなみに」なんて言うのは大学教授くらいのものでした。ところが今では、テレビを見ていると、「ちなみに」と言わない若者の方が珍しい。また近頃は、自分が何か喋ったあとで、「ウン」と自分で肯く人が多い。これはオバサンに多い。自分で自分の言ったことに肯いているのだから世話はない。非常にイヤな気がします。

昔は男女ともに気取り屋は嫌われたものです。「気取る」のは恥ずかしいことだったのです。他人に対して恥ずかしいというより、自分に対して恥ずかしかったのです。私は昭和二二年に大連から引き揚げて来て、今の熊高の前身である熊中に転入したのですが、同級生が何かというと「ウストロカ」と言うのに深い印象を受けました。ウストロイというのは恥ずかしいということで、自分が目立ってしまったときに使うのです。また「武者つくる」と言い方もあって、これは格好つけるという意味の非難の言葉。私は同級生から「ぬしゃ、しこっとるね」と言われて「?」でした。「しこっとる」というのも格好つけるという意味なんです。今ではウストロカというのは死語となり、大人も子どもも「武者つくる」のがはやりになっています。

というのは、今日の日本では自己を顕示するのが美徳になったということでありましょう。はじらいとか謙虚という過去の美徳は、いまや封建的悪徳とみなされているのかもしれません。欧米人が自己主張、いいかえれば自己宣伝ができない人間を阿呆とみなすのはよく知られた事実ですが、自己を宣伝するのが一向に恥ずかしくなくなった点で、日本はいまやアメリカナイズされたといってよろしい。

この一〇年ほど自己実現という言葉がよく聞かれるようになりました。学校の先生が生徒に対して、自己実現しなさい、人間として生まれて自己実現しないのではダメよとおっしゃるわけです。しかし、そこで言われている自己実現とは、よく聞いてみると、社会的に成功して名声を得、脚光を浴びるような人生を歩みなさいということなんですね。社会的ステータスの階段を一番上まであがりなさいという訳です。先生たちはよく、子どもには無限の可能性があると言います。自分の中に埋もれている才能を発見しろというのです。その才能はスポーツでもいいし、音楽でもいい。とにかくスターになるのが自己実現なんですよ。近頃では何にでも「国際」という言葉がつけば格好がいいということになっています。アタッシュケースを提げて、飛行機で世界中を飛んで廻る国際人になるのが、自己実現の最たるものです。とにかくテレビに有名人として登場しなければ話にならない。だから、小さいときからピアノやヴァイオリンを習わせる。要するに有名人、タレントになるのが自己実現である。いっとき金持ち・貧乏人という言葉が、実に露骨な形でテレビを賑わせました。今ではセレブというのが大はやりです。金持ちや社交界の上流人が理想なんです。これもアメリカ的価値観が浸透した一例でしょうが、この実にあけすけな虚飾の讃美はいったい何事でしょうか。露骨な時代になったものです。世の中は名声とプレスティジと金銭がすべてだというのですからね。威張って金を撒き散らさなくては生まれた甲斐がないというのです。

冗談じゃありません。子どもがみなシンデレラになれる訳がないでしょう。みにくいアヒルの子はいったいどうすりゃいいんですか。私が差別しているなんて思わないで下さい。特殊な才能を持つのはごく一部の人間で、人間の九九・九九……%はみんなみにくいアヒルの子なんです。一〇〇メートルを九秒台で走る、ピアノやヴァイオリンで超絶技巧を発揮するというのが才能なら、お金をもうける、威張って人を従わせるのも才能で、そんな才能の持ち主はみんな一種の奇型なのです。人間はそんな才能をもたないのがふつうで、ふつうであることは不幸でも何でもないのです。才能は生まれつきですからね。美貌と同じことで、じゃ不美人は美人より男に愛されないかというと、そんなことはない。不美人にも魅力はたっぷりある。私は不美人好きで有名です。だから特別な才能はなく平凡であっても、自己はちゃんと実現されております。それなのに、特別な才能を磨いて社会的に成功しないと自己実現じゃない、つまり人と生まれて甲斐がないというのは実に怪しからん考え方です。

以上述べたような自己実現のできなかった奴は死んだ方がいい。この勝組敗組の考え方は現代日本人のオブセッションになっています。社会的に成功してお金がもうかったり、名声を得たりできなかったなら、自己を実現できなかったわけだから、そういう自分は無にひとしくて死んだ方がいい。平凡で注目もされず、ただ生きているだけなら意味がない。自己実現という強迫観念はこうして自己実現に失敗したと思い込んだ大勢の人間にとって、自己否定への強力な衝迫となるのです。それが恨みとなって無差別殺人に至るのはまだよい。よいというのは語弊があるが、当人にとってはという意味です。圧倒的多数の場合、本当に悲しいくらいの自己否定に陥ってしまう。アパートの一室で孤独死をとげる若者が社会的現象として注目されていますが、彼らは餓死する場合が多い。親に金をせびりもせず、アルバイトもせず、ただ無気力に一室に閉じこもって死んでしまう。自分が生きることに何の価値も見出せないからそうなるのでしょう。心痛まずにおれましょうか。

今言いましたことを裏返すと、平凡に対する嫌悪なんですね。自分が目立たぬ平凡な一生を送るということが実に詰らぬことであると考えているのです。私のお母さんは恋愛もせずにお見合いで結婚して、お父さんから子どもを生まされて、それを育てるだけで一生を終えてしまった。お母さんは何という不幸な一生だったんだろう。自分の人生ってどこにあったんだろう。私はそんな一生はいやだといった風に考えるんですね。これは実は、親のおかげで大学を出て、自分の時代の通念であるイデオロギーをかじった娘の傲慢なんですけれど、それを生半可な知識をかじった自分の傲慢だということに気がつかない。自分が自主的に男と恋愛して、お母さんよりずっと自分らしく生きたなんて、顧みれば言えるはずがない。カスみたいな男ばかりつかんで来たのかもしれないのですから。

お父さんにしろお母さんにしろ、一度も陽の当る場所に出ずに一生平々凡々たる一生を過ごしたというのが、大変情けない詰らぬことのように感じられるらしいけれども、それが一番いいんですよ。平凡ながら人としての責務をちゃんと果たして、二人仲良く子どもを作って育てたならば、それ以上求めることなんて何もないのですよ。どうしてかというと、その片隅ですごす無名の人生の中で、男は女を味わいつくし、女は男を味わいつくす。つまり他者と生きるということを十分に味わいつくす。しかも春になれば花が咲き、秋になれば紅葉《もみじ》する。そのコスモスとの交感の中に生きているよろこびを感じる。また自分に与えられ、それによってメシを喰ってゆける仕事を忠実に果すことで、確実に社会とつながり社会に貢献できる。それがどうして詰らぬことなのでしょう。何も社会的に有名になったり、特殊な才能を発揮したりしなくたって、平々凡々とみえる一生のうちには実に豊かなものがあるのです。

昔の人は歳をとると威厳がついてきたものです。なぜかというと虚妄なものを求めず、自分が社会の片隅で平凡に生きることに誇りをもち、生きるということを苦しみも含めてまともに引き受けて来たからです。つまり人生というものを見極めて、それに満足することを知っていた。だから晩年に威厳の光が身に添って来た。私の母は高等小学校しか出ておらず、一生家庭の中で過ごした人ですけれど、世間智人間智という点では私の及ばぬものを持っていたように思います。社会的に活躍したり、広く世界を見て廻ったりせずとも、人の一生がどんなものかちゃんと見通しておりました。だから、私が五〇代になってもまるで小僧扱いしておりました。今の人間はもっと面白い、もっと素晴しい、もっと胸のわくわくする一生を過ごせたのじゃないかという後悔に身を噛まれております。だから一生子どもなのです。というと、これは自分自身のことになってしまうのですけれど。

これは何がいいのか、何が美しいのかという感受性・審美感が衰えてしまっていることに関係があるようです。映画でいうと、今の映画は３Ｄがいい例ですけれど、いたずらに感覚を刺激する見世物になってしまっている。これでもかこれでもかといった具合に、刺激し興奮を煽らないと観客が満足しないようになっている。アメリカ映画でも一九三〇年代四〇年代には本当にしみじみとした味のある地味な作品が沢山ありました。今はそんな地味でいい味わいの映画がないわけじゃないけれど、主流はどぎついスペクタクルです。これは絵画や小説でもそうで、どぎつい表現、派手で大げさな表現が全盛です。バロック的と言ってもいいかと思うけれど、バロックの壮麗さじゃなくて、ゴテゴテの装飾趣味が流行になっている。着物をみても派手で下品でいたずらに華美なものが好まれる。昔は成人式の娘の着物姿を見るのが楽しみだったのですが、今の成人式の娘衣裳は派手派手しいだけで何の魅力もない。美への感受性が鈍磨しているのです。なぜ鈍磨するかというと、強烈な刺激を連続的に与え続けるのが音楽を始めとする現代芸術の特質になっているからです。喰いものもそうで、近頃の握り鮨といえば、ネタが飯の両端に垂れ下がっている。あんなものを喰うのは、江戸っ子は恥としたでしょうね。これも「これでもか、これでもか」というオーバー志向の表われでしょう。テレビドラマの演技もしかり。オーバーな演技ほど受けるらしい。豪華さ、過激さの競い合いで、今日のキャピタリズムの段階がよく示されています。

話を変えて、近頃の都市の表情を問題にしてみましょう。上通りや下通りを歩いてみると、盛り場の表情が何だかノッペリと綺麗になって、流線型で異常に明るくなっています。一言でいえばSF的、宇宙都市や水中都市みたいな人工性、抽象性の表情です。昔の盛り場はもっとごちゃごちゃしていて、一隅には闇がありました。私は京都の生まれですが、生まれただけで育ってはおりません。何度か訪れてはおりますが、何回目に訪れた時のことでしょうか、四条あたりの繁華街に非常な懐かしさを感じました。そうだ、昔の繁華街はこんな感じだったという痛切な思いがしたのです。というのは、老舗が並んでいるのですが、一軒一軒の間口がわりと狭いのですね。そしてその一軒一軒に特色がある。ですから雑多で多様で豊かな感じがする。少しごちゃごちゃしているのがいい。とにかく規格化され一様化されていない。猥雑な生きものの匂いがムッと立ち昇ってくる。

昔は上通りもそうだったのです。小さな老舗が並んでいて、その奥にはいつも同じ主人が坐っている。今の上通りはそんな店は数えるほどしかありません。店もどんどん入れ替わっていきますし、店のファサードも内部のインテリアも宇宙船の内部みたいです。主人の顔なども見えはしません。宇宙船の内部みたいな街に親密さが感じられるはずがない。死んだ女房と結婚前、よく上通り下通りをブラついたものですが、今の上通り下通りにはブラつく楽しみが感じられない。綺麗で整った街並みだが、親しみがまったく感じられないようになりました。第一、アーケードというのがよくない。空の見えない街なんて、ほんとに宇宙船です。

これは街の表情だけの話ではなくて、今の文明はテクノロジーによる合理化、均質化、規格化、清潔化が進んで、汚れとか、凸凹とか、ゆがみとか、ごちゃごちゃが一切排除されてしまうのです。だから工業製品のようなよそよそしさが生活全般を支配してしまう。大体都市も生活用具も自然の有機性の表現であったのですが、今では極度に人工性の強いパッケージ商品、あるいは人工的なカプセルになってしまいました。このことが人心に及ぼす影響は無視できぬものがあります。現代人の心が寒々としてよる辺がないのは、極度にテクノロジー化し人工化した生活環境のせいもあるのではないでしょうか。科学的合理主義、テクノロジー信仰によって変質してしまったのは、都市の相貌だけじゃなくて、社会全体の雰囲気もまたそうだと思います。今日の社会は昔と較べて、正義とか人権とか公正ということが余程強調されるようになっておりまして、そのこと自体は結構であります。しかしその正義や公正はテクノクラート、スペシャリストの科学主義的な管理のもとですべて数量化されていま す。例えば、喫煙の問題も、喫煙者の死亡率はこれこれ、禁煙者の死亡率はこれこれといった具合に数量化して管理されている。私は科学自体は大いに尊重するものでありますが、科学が科学主義というイデオロギーに転化し、それが正義や公正の基準を管理することに非常に危うさを感じます。今日の官僚は最高学府を出た技術専門家でありますが、彼らの社会を改善し民衆を救済しようとする善意は、人間を科学主義的基準で完全に管理するという病的な志向に変質しかねないと思うのです。

科学的合理主義によって、正義・公正・福祉といった概念を定義し、それを人々に法によって強制しようとする結果は、人工的ユートピアすなわちアンチユートピアをもたらすに違いありません。なぜなら、科学主義的に定義された正義や福祉は非常に単純で、人間の複雑な側面、すなわち善と悪ともいいがたい生きものの側面をみごとに捨象しているからであります。しかも権力装置と連動して、単純かつ抽象的な正義・公正・福祉を実現しようとするのは、人間をテクノロジスト・スペシャリストの管理対象化するもので、人間の根源的な自由、それには個人の気まぐれさえ含まれるのですが、その自由ならびに個の尊厳はいちじるしく脅かされざるをえません。

ここで、ディケンズのある小説に出てくるお婆さんのことをお話したいと思います。このお婆さんは頭の弱い、今日でいえば知的障害者の孫を抱えて洗濯屋を営んでいたのですが、奇篤なお金持ちが孫を引きとって面倒みてくれることになって、孫がいないでは、洗濯屋もできなくなってしまいます。お金持ちは婆さんもいっしょに引き取ると言ってくれるのですが、彼女はそれは辞退してひとりで生きてゆく決心をします。彼女は今で言うならホームレスになって、村から村へ、タウンからタウンへ放浪の旅に出るのです。なぜかというと、彼女は「福祉」につかまることを死ぬほど怖れていたからです。これはもちろん、ヴィクトリア朝における福祉施設の水準に関わることでもありますが、とにかく彼女は政府のお世話にならずひとりで生きてゆく道を選んだ。村やタウンには広場があって、そこに坐って編物でもしていれば、見かけた村人が何か手仕事を頼んでくるのです。そうやって生活費をかせぎ、夜は農家の納屋の一隅に泊めてもらう。しかしやがて彼女の健康が衰える日が来て、そうした納屋で彼女は死を迎えます。その死は自由で尊厳にみちたものでありました。

もちろんこういったお婆さんの生き方は、広場に坐っている姿を気にかけてくれる村やタウンの住人の共同的な人情や習慣があったからこそ可能だったのです。共同的な心情や習慣が失われた今日において、このお婆さんのような生き方ができるはずはありません。福祉はいやだなんて贅沢を言ったら、孤独死は必至です。われわれはスペシャリストに管理され、科学主義的に定義された福祉をありがたく頂戴するほかはないのです。しかしそのことは、スペシャリスト、テクノクラートの管理による福祉を絶対善であるかのように肯定することではありません。夢みたいな話ですが、私たちが何らかの形で新たなコミュニティを創造し、人々との交わりの中で生きかつ死ぬ共同的なありかたを実現すべき課題に迫られているのは明らかなことです。そしてそのような交わりの世界が、その土地の風土と歴史に根づいたものでなければならぬのも同様に明らかなことです。

今日の社会で最も尊重されるのは「やさしさ」です。そしてその「やさしさ」には偽善とまでは言いませんが、ある種の欺瞞が含まれてはいないでしょうか。再び言葉の問題に戻りますけれども、昔なら「〜してやる」といったところを、今では全部「〜してあげる」と言うようです。「あげる」なんていうのは目下の者や弱者、あるいは被保護者に対して使う言葉なのですが、今の人はそんなことは忘れてしまっている。何かにつけて「あげる」の連発で、笑止なのはむくつけきプロ野球の解説者までが「あの球はとってあげなくっちゃあ」なんて言うご時世です。料理番組では食材に対しても「こう切ってあげて」なんて言うのだから、これはもう滑稽を通りこしています。「やる」というのは乱暴で、下品な言葉だと思い込んでいるのです。「あげる」といえば丁寧でやさしいというのでしょう。こういう「やる」という言い方の廃絶には、現代人の「やさしさ」なるものの欺瞞的性格がかぎとれないでしょうか。この世の悲惨を「あげる」という一語でみんな覆い匿せたような気分になっているのではないでしょうか。「あげる」というのはもともと女言葉で、社会全体が女性化したことの表われかも知れません。男のむくつけさ、乱暴さが今日ほど嫌われる時代はありませんからね。

一体に言語表現にカンナをかけて、口当りのいいものにしようとするのが現代人の心理のようです。「――させていただく」などと、政治家や企業経営者は言いたがるのですが、何という厚かましく欺瞞的な言い方でしょう。勝手にすればいいので、こちらは許可を求められた覚えはありません。当人だって別に許可を願っているわけじゃなく、そう言った方が謙虚めいて聞こえると計算しているだけです。また大いにおかしいと言いたいくせに、少しばかりおかしいと表現を和らげるのも今日の政治家の癖です。「少しばかり」ならいいじゃないか、なぜ異を唱えると言いたくなります。物事をあいまいにぼかして、一般に受けいれられやすくしようというのでしょう。見下げた根性で、こういう誤った「やさしさ」志向が、今の世の中をどれほど悪くしているかわかりません。「――したいと思います」といえばいいところを「――したいなと思います」と「な」を入れるのも、表現を和らげているつもりでしょう。坊やじゃあるまいし、何が「したいナ」ですか。堂々と「――したい」と言い切ればいい。

とにかくこういった欺瞞的な「やさしさ」を求める風潮は、口当りのよいヒューマニズム的言辞に自足したい現代人の心理を表わしているのじゃないでしょうか。一年に自殺者が三万人、孤独死が六〇〇〇人にのぼるという悲惨な現状を、見て見ぬ振りをするための「やさしさ」じゃないかと私は疑ってしまうのです。世の中は「やさしさ」だけで保たれるものではありません。そういう口先だけの「やさしさ」は無責任ですらあります。この世は矛盾・対立にみちており、その矛盾・対立を生き抜く先にしか本当の交わりは開けて来ないのです。「やさしさ」の擬装が、自分だけしか見えていない現代人の個我意識を隠蔽するものでないと誰が言えるでしょう。ひ弱で自分しかなく、しかもその自分すら信じていない現代人だから、ひたすら「やさしさ」の仮面に逃れるのでしょう。

やさしさって何でしょうね。他者とともに生きる覚悟からしか、やさしさは生まれないでしょう。そして、他者とともに生き交わるというのは、対立や戦いや争いも含むことでしょう。そこから生きる苦しさを耐えるということでしょう。だから「やさしさ」は「力」を含むのでしょう。人間の世はどんなに殺菌し、ツルツルにし、抵抗をなくしてなめらかにしようとしても、根本に冷酷で猥雑な事実を含むものです。そして、そういうネガティヴな力を含みつつ、人の世の交わりはよろこびであったのです。その単純な事実から出発し直せば、見通しの悪い現代にも微光はさしこむのではないでしょうか。今夜は雑然たる漫談に終ってご期待を裏切ったかと存じますが、放言にわたる段はどうかお許し下さい。

*

未踏の野を過ぎて

前口上を一席

およそ言論の場で、文章をおおやけにして身すぎ世すぎをしようとする者は、大にして天下国家、小にして身辺の世情にふれて、おのれの判断を誇ろうとする姿勢を免れることができない。誇ろうとはせぬまでも、自分がいかに智者であり賢者であるか、少なくとも人と違うことのいえる才人であるか、立証に励まぬわけにはいかない。そうせねば自説を読者におしつけることができないし、第一商売に差し支える。

そういう賢者の構えがつくづくいやになって久しい。しかしその自分自身が、文筆稼業が身につくにつれて、思想的な導師であるかのような姿勢にはまりこんで来たことに気づく。

そういう臭気を追い払わねば、このあと一行の文章も書けないのではないか。

だが私は、釣りや山遊びの話を書いて、私は分相応のことをしています、といった澄まし顔ができる文人ではない。天下国家について考え、世相について思いを新たにするというのは、私という少年の志であった。生涯の課題は死んでも捨てきれるものではない。

だとすれば私は、これからも天下国家や世相について、つたない思考を続けてゆかねばならぬのである。自分が賢者でないと知りつつ、賢者らしき構えから逃げられぬのである。

どうしてだろうか。不幸にして世界の動向とその身の廻りでの表われについて、考え続け書き続ける以上、ひとはいわゆる大局高所に立たざるをえない。到底そんな場には立てないとしても、立とうとする意志を持ち続けねばならない。そして大局高所に立つためには、古今東西の知識・識見に通じなければならぬ。そんなことは不可能とわかっていても、通じたふりをせねば、ひと言もものはいえないのだ。

それはいわば言論人の原罪であり、宿命である。私はいまさら、そんな宿命をぼやきたいのではない。また、たまたま新聞に連載の機会を与えられたくらいで、自分を言論的な指導者と錯覚するほどうぶでもないつもりだ。

私がいいたいのは、世の中について論じるときにどうしても感じてしまうすき間のことだ。

自分一個の生とのあいだにあいてしまう間隙のことだ。世界であれ日本であれ、政治経済であれ世相風潮であれ、たしかに現実でありながら、それ以上に観念なのである。観念としての天下国家や世の中につきあっている限り、ひとは智者としておのれを仮定できる。しかし現実としてのそれと向きあうとき、徹頭徹尾、一個の愚者であるしかないおのれを自覚せざるをえない。

いったい何のため、世界の動向を解き明かし、世相風潮を批判せねばならないのか。言論は必ず世直しの願望と結びついている。おのれの望むようなものにこの世をしたいばかりに、天下国家と世の中という観念にしがみついているのが、言論人という人種のいつわらぬ実状であるだろう。

しかし考えても見よ。世界の動向や世相について、どれだけ智者ぶった解析を試みるにせよ、それが自分の身近かな日常という形で表われるとき、ひとは智者としての境位をかなぐり捨てて、愚痴・好悪・反感・慨嘆といった愚者の感情をもって対応するしかないのだ。かくして言論をもって生きる者は、愚者としての真実を陰蔽して智者の構えを維持するか、智者の資格を放棄して愚者の実相を吐露するか、ふたつにひとつの選択を迫られる。

心の奥底をのぞきこんでみれば、天下国家はむろんのこと、まわりの世の中の動きなど、知ったことじゃあないさという自分がいる。むろん、それは世直しなど知ったことじゃあないさという自分でもある。

自分はほんとうに、天下国家や社会・世の中という次元で生きているのだろうか。そういったものを論じているのは、そうしなければならぬ職業にたずさわっているというだけのことで、自分の生がよきものでありえているかどうかには、それは全く関係がないのではあるまいか。

私が愛する詩人伊東静雄は「真に独りなるひとは自然の大いなる聯関のうちに、恒に覚めゐむ事を希ふ」と歌った。この連関には天下国家も世相も含まれていない。ただ、ひとの世にひとりしんと生きねばならぬおのれのありかたが歌われているだけである。このような生の基底に立つとき、世界と日本はどう見えてくるのか。無謀な注文とは知りつつ、そういう試みをしばらく続けてみたい。

不況について一言

不況不況と騒がれて、もう何年になるだろうか。好転の兆がみえたという託宣も何度聞かされたことか。新世紀にはいれば少しは元気の出る話が聞けるかと思っていたら、最新の推計では、去年の七―九月期は結局マイナス成長だったらしい。改革をやらないからこの始末だなどと、犯人探しも忙しく、日本全体がたちこめる妖霧から脱出できぬ模様である。

この問題については、言いたいことが三つある。ひとつはこの不況がマスメディアで騒ぎ立てられる程には、われわれ自身の生活に響いていないのではないかということだ。

むろん倒産やリストラ、失業や就職難といった深刻な問題を無視せよというのではない。しかしそれはそれとして対策が必要であっても、たとえば休日の盛り場やレジャーランドでの人びとの表情は、青息吐息どころか分相応のしあわせに照り輝いているようにみえる。好景気の頃のような金の遣いかたはしないからといって、その分しあわせが減ったわけではない。

そんなふうに感じるのは、ひとつは、もともと私という人間が、世の中の景気変動とは何の関係もない生きかたをして来たからだろう。お給料というものをいただいたのは生涯を通じて三、四年という浪人暮しの身には、好況も不況もあったものではない。四六時中不況のようなもので、少年の日一切を失って日本へ引揚げて来て以来、私はずっと不況、いや手許《てもと》不如意には強いのである。

己れをもって他に及すなかれと叱られればそれまでだ。また、よく利用するタクシードライバー氏にこんな発言を聞かれたら、それこそ絞め殺されるかもしれない。私が乗るたびに彼は景気の悪さを切々と嘆き、何でもいいから早くどうにかしてくれ、じゃないと暴動が起ると、物騒な予言を口走るのである。

しかし、不況の影響をもろにかぶっている人びとに対して適切な対応を行うのは当然としても、是が非でも経済成長に転じなければこの世の終りであるかに喧伝するマスメディアは、いくら何でも罪が深いのではなかろうか。少なくとも厚顔無恥のそしりは免れないのではあるまいか。これが私の言いたいことのふたつ目である。

不況を脱するとは経済成長に転ずるということである。マスメディアはついこのあいだまで、経済成長至上主義を諸悪の根源、少なくとも環境破壊の元凶として批判して来たのではなかったか。彼らは今日でも環境保全という看板はおろしていない。それでいて年間マイナス一パーセント程度の成長減に直面すると、政府の経済運営の失敗として非難してやまないのだ。

われわれは経済成長を至上とする考えを批判したのであって、年間二、三パーセントの成長は健全だなどと言うなかれ。年間一パーセントという微々たる成長率をもってしても、国民総生産は六十九年で倍増する。今日のエネルギーと資源の濫費が倍になるのだ。考えただけでもおそろしい。環境保護など寝言のたぐいであろう。六十九年が長いと思うのはしあわせな若者だ。当年七十歳の私はそれが一瞬であるのを知っている。しかも三倍になるのには百十一年。つまり二二世紀初頭のことなのだ。これが三パーセントの成長率ならどうなるか、ひとつ計算してもらいたい。

ここ数年の不況騒ぎを見ていて、私は環境保護とか成長主義批判などというお題目は、好況期が許す太平楽なのだと思うことにした。そういうお題目が論理上必至とするはずのマイナス成長を受けいれる気は、マスメディアにも私たちにもなかったのである。今日のアメリカ経済の繁栄を羨み、かつての日本経済全盛をなつかしむ当今の論調は、国民総生産とか経済成長といった思考枠に、いかにわれわれが骨がらみになっているか、白日のもとにさらすものでしかない。

だが、経済の強さでアメリカを圧倒した八〇年代と、遠くアメリカ経済の後塵を拝していた五〇年代ないし六〇年代前半と、われわれの暮しはどちらがよかっただろうか。少くともどちらがしあわせだったろうか。後者のほうだと感じるのは私だけではあるまい。

そこで私の言いたいことの第三になる。誰しも収入はふやしたいし、暮しはよくしたい。その収入や暮しといったことの中味が変らないことには、経済の好・不況に一喜一憂する不甲斐なさから脱出するのはむずかしい。片言めいて恐縮だが、次回もう少し、廻らぬ口を叩いてみるつもりだ。

不況について再言

前回、経済音痴のわが身をも省みず、この頃の不況論議にあえて口をはさんでみたが、私がいいたいのは実はいたって簡単なことなのである。

人類の今日におけるエネルギーと資源の消費は、すでに地球という環境の許す限界を越えている。経済成長とはエネルギーおよび資源消費の成長にほかならぬのだから、不況を脱出して経済成長へ向えと政府の尻を叩くことは、環境保護というお題目と両立するはずがない。

環境保全などというスローガンは、実は経済が好況だったからこそ言えたことで、本音は経済成長だ、何が何でも国民総生産は伸びてくれねば困るというのなら、それはそれでよい。よろしくないのは、一方で地球という環境にこれ以上負荷をかけるなと言いながら、他方では不況脱出のための成長刺激策を主張するあつかましさだ。なぜよろしくないかというと、端的に言ってそれは欺瞞であるからだ。

今日私たちが直面している問題は、成長の限界に到達している経済をどうやって縮小するかということにある。これは環境や資源の面からの要請であるが、それればかりではない。いったい私たちはこれ以上商品漬けになってどうするのだろう。家の中にもうモノの置き場はなく、冷蔵庫の中では日々食品は腐りつつある。その先は言わないが、商品とサービスの消費者として条件づけされた人間の魂は、やがて腐り始めるのである。

たとえば企業を設立するとしたら、収益が年々増えなくては、誰もその企業を健全とは呼ばない。おなじように、働いて給料をとるとすれば、それが年々上らなくては誰も働く気にはならない。

ところが、企業であれ個人であれ、収入が年々伸びるというのは大変なことなのである。それは経済が成長するということだからである。自分の収入が上れば人のそれも上るのであって、自分だけ上って人は下れというわけにはゆかぬのがこの世界なのだ。

しかし、そのような、企業であれ個人であれ、年々収入が伸びて当然という生活の枠組はもう維持できないのだという冷厳な事実に、いま私たちは突き当ってしまっている。というのは、現在の経済活動があまりにも巨大なものになっているので、ほんの少々の伸び率でも、複利計算の結果はおそろしいものになる。経済の縮小、すなわちマイナス成長は、私たちが人間として生きのびるための不可避の選択なのである。

しかし、それは苦痛にみちたプロセスである。前回述べたように、昭和三十年代の生活がいまより貧しく不幸だったとはけっして思わないが、実際にその時代の生活に戻ることを為政者が強制すれば暴動が起るだろう。清貧というのはあくまで個人の生きかたであって、社会に強制すべきものではない。

前回私は、誰しも暮しはよくしたいし収入はふやしたい、その暮しや収入の中味を考え直さないことには、経済成長至上の強迫観念から脱出できないだろうと書いて筆を措いた。

私の大前提は経済の縮小であるから、つまりはそれぞれの収入が今より減ることになる。

むろん、エネルギーと資源の消費レベルを下げながら、経済＝国民所得の総額をふやすことは可能だ、という考えがあることは承知している。しかし、立ち入った議論は避けるが、私には信じられない。それにまた、問題は地球環境だけにあるのでもない。

さて、収入がいくらか減っても生活のゆたかさは変らない、いやかえってゆたかになるという途はないのだろうか。ないのだろうかなどという悠長な話ではなく、そういう生活のありかた、生活の中味を作って行かねばどうしようもないところに来ているのだと、私は掛値なしに信じている。

世間の人情とか、住む街の景観の美しさとか、金銭では計れないゆたかさがある、という話を私はしているのではない。それは大事なことではあるが、いまはお金の話をしているのである。たとえば月収が五十万円から三十万円に減ったとしても、五千円とるレストランの代りに、三千円でよりゆたかで楽しい食事ができる店ができれば、月一回の家族の楽しみはより程度の高いものになりはしないか。夢みたいなことをと叱るなかれ。夢を語るのは私の商売で、それを現実化して考えるのは私とはまた別な人の商売だと思う。

「あげる」の氾濫

これから数回かけて、今は大変いやな世の中だということを書きたい。むろん私がいやなのである。高級知識人の中には、今の世の中は結構のきわみなのだ、それをいやだというのは保守反動の証拠だなどとおっしゃる方がずいぶんいる。しかし本気だろうか。売物になさっている「思想」のたてまえ上、いやなことをいやと言えないだけのことではあるまいか。

私が何よりも苦痛なのは、世をあげての「あげる」の氾濫である。何々してやるといえばいいのに、いちいち何々してあげるといわなければ気がすまぬ。数年前から気づいてはいたが、今では「してやる」という表現は禁句になっているらしいと、やっと最近悟った。どこか私の知らぬところで、今後「してやる」といういいかたは、すべて「してあげる」と言い換えることにすると決定がくだったのかもしれない。

滑稽なのは、プロ野球解説者までが「ここではスライダーを投げてあげて」などといい出したことだ。いったい「あげる」という表現を何だと思っているのだろう。

魂胆はわかっている。おそらく「やる」というのは、上から下にむけた強権的父権的表現で、あいての人権を侵害するというのだ。しかしそれならば、「あげる」というのはそんなに立派な言葉なのか。

大体「あげる」というのは、大人が幼児に対して使う言葉である。本質的に恩着せがましく傲慢な響きをもった言葉なのだ。しかも懐柔的ないやらしささえ伴っている。もともとこれは女性語である。むろん女性語で結構だが、いくらフェミニズムの世の中だからといって、女性語たるゆえに上等という訳はない。

「やる」も「あげる」も大差がないといえばない。いずれも慈恵的であり、悪くすれば恩着せがましい。物品あるいは行為の贈与を表す言葉である以上、それは仕方がないことだ。だから無礼傲慢の響きを打ち消すために、「さしあげる」という立派な表現が日本語にはあったのである。

私は「あげる」という言葉がきらいだと言っているのではない。「やる」をすべて「あげる」と言い換えることで、何か人権を尊重したような、あるいは今ばやりの「優しさ」を実践したような錯覚があさましいといっているのだ。さらにある表現を偽善的に禁句にし、ひとつの表現に固定しようとする潮流は、悪しきコンフォーミズムだといっているのだ。

些細なことに目くじら立てて、とはいってほしくない。これは決して些細なことではないからだ。「やる」を「あげる」に全面的に言い換えるのは言語ファシズムである。言葉に対するテロリズムでさえある。そして何よりも大事なことだが、その底には言葉に対するおそるべき鈍感さという、現代の病弊が横たわっている。

現代は言葉が生きものではなくなって来たのだろう。言葉が生きものである証拠は、それにリズムが伴っていることに示されている。それというのも、もともと思考がリズムであるから文章もリズムなのである。ところが、現代の文章の特徴はこのリズムに対する感度をまったく失っているところにある。

「重要だと思うのは次の二点である」。この文章を見て何か変だと感じる感覚を、当世の人間は失ってしまっている。この文章がおかしいのは「だ」が冗語だからである。「思う」もいらない。「重要なのは」といえばすむことだ。その冗語ゆえに文章がだらけてリズムが生れない。この一文は文章ではなく話し言葉なのである。

リズムと緊張のある文章をきらう世の中になったのだ。だらだらとしゃべるような文章の方が読みやすいという訳なのか。しかし、それは錯覚である。当世の書物の大半は情報をつなぎあわせたおしゃべりである。自前の思考がないから文章もだらけるし、リズムも生れない。そういう文章は読むのに大変な忍耐がいる。三行で言えるところを十行書く文章であり、何よりも生命感のないコンピュータ文章だからである。

自分が若い頃どんなにグータラだったかというのが自慢になるご時世である。緊張、規律、努力――みんなあってはならぬのである。ダラーッとリラックスして好きにするというのが一番よろしいのだ。言葉も好きに垂れ流すのがよろしい。

そういうだらけ讃歌と、あげるあげるの大合唱には通底するものがある。無責任で偽善的な猫撫で声が共通しているのだ。そういう社会的雰囲気は、私のような人間にはほんとうに棲みにくい。

街路樹エレジー

この十年ばかり私がたえがたく思うことのひとつに、定期的な慣行と化した、市街地における巨樹の切り倒しと並木の無残な刈りこみがある。

いちょうは熊本市の市木であるという。秋の盛りのいちょう並木の美しさといったら、豪奢の一語に尽きる。しかしある日気づくと、並木は丸刈りにされている。まるで電信柱にちょびちょびと鬚が生えているような有様だ。いったん丸刈りにされた並木は、二度と美しさをとり戻すことはない。切られた枝先は瘤になり、そこから細い枝がいくつも分枝して、永久に醜い姿をさらす。

ユリノキを街路樹にした町並みがあった。その並木に魅せられたばかりに通り近くに家を建てたという人がいたくらいだから、いちょうのそれとはまたひと味異なる黄葉を楽しんだのは私ばかりではなかったはずだ。しかしその美観は四、五年も続かなかった。最初に枝が刈りこまれ、やがてそれでもあきたらぬとばかり、一切のユリノキが伐り倒され引っこ抜かれた。

それぞれに理由のあることだろう。交通信号が見えにくいとか、落葉が始末に困るとか、鳥が巣喰って糞をするとか、おそらくつける文句にこと欠くまい。住民の要望とやらもあるだろうし、行政側のそれなりの判断もあってのことだろう。

結果は造園業者の大出動となる。むろん庭木を剪定するような仕事とはわけが違うから、業者は木のことなど何もわからぬ作業員に基準を示して、一律にバッサリ刈りこませるのである。一度予算がつくと癖になるので、毎年莫大な税金を撒布して街路樹虐殺の大作戦が定期行事化することになる。行政が理由もなしに金をかけて街路樹を切らせるはずはないし、大々的な抗議の声があがるのを聞いたこともないから、虐殺とか蛮行などと言えば私は袋叩きになるだろう。

四月二九日付の本紙を見たら、第二空港線の楠を、「死亡事故の要因や特産のスイカ栽培の妨げになる」から伐採してほしいという要望が紹介されていた。なるほど、理由というのはあるものだ。どこかに樹木を目の仇にしている野蛮人がいて、ことあるごとに樹を切りまくっているのではないらしい。

世の中には利害の調整ということがある。樹木が大好きだという人間がいる一方、樹木が迷惑だという人間もいるとしたら、両者はどこかで折り合わねばならない。だが私は、今はそういう話をしようとは思わない。そんなことはいわゆる有識者にお任せする。

私が言いたいことはふたつある。

私は少年時代を北京と大連で過したが、北京の亭々と育った街路樹の美しさは今も眼の底に焼きついている。今の北京には行ったことがないけれど、テレビで見るかぎり、育ち放題に育った巨木の並木は健在のようだ。大連はアカシアの並木で有名だが、その並木が刈りこまれたことなど、私の少年時には一度も覚えがない。

映画やテレビでみると、アメリカやヨーロッパの市街の街路樹は自然な形のまま巨きく育っていて、その美しさには息を呑む。樹木は刈りこまずに自然に育ったときが最も美しいのであって、そんなことは天の摂理からして当然である。中国や欧米の市街地でできることが、なぜ熊本ではできないのだろう。以上が私の言いたいことのひとつである。

いや、そんな外国の例をひかずともよろしい。私は産業道路のプラタナス並木を見るごとに、何と醜い木だろうと思っていた。昭和二十年代の話である。ところがその後福岡のプラタナス並木を見て、その美しさにおどろいた。産業道路のプラタナスは切られて瘤だらけになっていたのだ。

問題が樹木の美しさに対する感受性にあることは明らかだ。これが私の言いたいことのふたつめである。美しい並木を日々目にするのはよろこびである。そのよろこびを金銭や多少の利便とひきかえにするかどうかが問題の焦点なのだ。樹木はただ美しいばかりではない。それは生命であるから、生れたときからのわれわれの友なのである。少なくとも私は、樹木におのれの嘆きを語ってこれまで生きてきた気がする。

私は自分のこんな言葉に説得力があるとは露思っていない。よろしい。せめてこれからは、無残に切り縮められた並木から目をそらして余生を過すことにしよう。

樹とともに生きる

樹木についてもう一度書きたい。ひと言でいうならば、もうこれ以上森や林を切り倒すなということを書きたい。

この二、三十年間に限っても、われわれはどれほどの森や林を根こそぎ消滅させて来たことだろう。西合志町の再春荘から九州農業試験場あたりにかけての野面を、かつては御代志野と呼んだ。広大なくぬぎ林が拡がり、その美観はさながら宮沢賢治のイーハートーブを想わせて、あえていえばほかのどこにも求められぬ夢のような清艶さであった。

私は昭和二十年代に結核患者として、ここで四年半の青春を過したから、この点については信用してもらっていい証人である。熊本電鉄の黒石駅から農業試験場正門までの左側は鬱蒼たる林で、夜などこの道を通るとおそろしいほど。再春荘の裏から黒石駅にかけてはくぬぎの深い樹海だった。いずれも今は、学校や社会施設を建てるために伐採されて影も形もない。

農業試験場内の檜の防風林も、むかしはもっと規模が大きく景観がみごとだった。今残っている防風林はかつての姿の半分も伝えていない。疑うものは昔の写真を見ればよろしいのである。

あの美しかりし御代志野は滅びた。しかしそれはひとり御代志野のみで起ったことではない。胸に手を置いて考えてみれば思い当るだろう。また、森らしい森、林らしい林に限ったことでもない。もっとささやかな木立ち、十数本でもよい、三、四本でもよい、ふとした街角や屋敷地の一隅にあった木立ちの消失に至っては、もはや誰の記憶にとどまっているというのか。

もうこんなことはやめよう。林や木立ちの伐採はやめよう。とくに百年以上の樹齢を保つような古木は一本も切らぬようにしよう。ほんとうは県議会か市議会あたりで、そんな決議をしてもらいたいくらいだ。

断っておくが、私は地球環境保護などという立場から、こんなことを言うのではない。むろんそれは大切な観点だが、私はそれよりもっと大切な立場に立っているつもりなのだ。また私は都市化に反対しているのでもない。都市は森や木立ちを上手にとりこんでこそ、住むに値する都市になるといっているのだ。

公共施設を建設しようとするとき、あるいは少しでも住宅地を拡張しようとするとき、そこにある森や木立ちを伐採しようというのは、まったく誰でも思いつく安上がりの算段だ。いずれも経済の成長と生活の向上という大義名分のなすわざであるから、心の痛むことはない。美しい風景などという寝言はこの際慎んでもらいたいという次第だろう。

そういう思想は、樹木はCO_2を吸収して人間の生存に役立つくらいの貧しい発想しかもっていない。森や林をなぜこれ以切ってはならぬかということの根本がわかっていないのである。

この世に美しい樹木が存在するというのは、人間の生存のできればあってほしい添えものなのではなく、人間の生のそもそも実質、あえていえば中核をなすことがらなのである。この世に樹木が存在しないなら、人間は人間としての感性をもつことはできないのだ。太古以来、人間は想像力も美意識もふくめてなべて心というものを、樹木も重要なそのひとつである森羅万象をかたどることで、育て養い培ってきたのだ。

こういえば、人間は食わんがために太古以来、森林を焼き払って来たのだぞ、などといい出す人が必ずいる。しかし人類は地球を丸裸にしたわけではない。森は残さるべくして残ったのであり、もはや今は、きびしい歯どめが当然かかるべき時代なのである。

人間はなぜ樹木を尊重すべきなのか。それはその美しさを知るのは人間のみだからである。

宇宙の美しき創造物である樹木は、みずからはおのれの美しさを知らない。人間はかわりにその美しさを知るべく創造された生きものである。樹木の美しさを滅して、何の痛痒も覚えぬものは、人間としてのおのれをはずかしめているのだ。

四季の立田山へ登ってみるがいい。全山の樹木はおまえよく来ておくれだねと、歓呼して迎えてくれるではないか。私たちの枝ぶりのみごとさ、花の美しさをやっと見てくれるのだねと、囁く声が聞えるではないか。そのときわれわれは、自分が何のためにこの地球上に生を享けたのか、しずかに、しかしはっきりと得心するだろう。

樹々の嘆き

私がはたち前後の四年半を、当時西合志村の国立療養所再春荘ですごしたことは前回に書いた通りだ。何しろ若かったから、その四年半のうちにはいろいろの思いがあった。

再春荘を退所したあとでも、年に何回か診察を受けに通っていたが、そのたびに私はあたりのくぬぎ林や、農業試験場の草原をさまよい歩かずにはおれなかった。試験場の正門から入った右手には当時はやはりくぬぎ林があって、ある年の秋の華麗な黄葉は今でも忘れられない。その照り返しの中で、私はおのれの悲傷をなにか音楽のように聴きとっていたのだ。

再春荘の今はない裏門の脇には、ひときわ秀いでたくぬぎの木立ちがあり、それを私は「歌う林」と名づけていた。この木立ちは昭和四十年代の中頃までは残っていたと思う。むろん今は影もない。

つまりこれらの樹々は、つたない恋も含めて私の過誤多い青春の生き証人であった。こういうことは私だけのこととは思わないから、お許しを願っていま書きつけたのである。

ひとが生きるということは樹木と語ることであるといいたくて、私は思い出話をした。そんな特殊な関わりを樹木とはした覚えがないという人がいれば、口をつぐんで引込まざるをえないけれども、そんな人でも車で初めての町を通ったとき、これはいい街並みだなとお感じになったことはあろう。思い出してほしい。その街並みには必ず美しい並木があったはずである。

以上は繰り言なのだ。前回と前々回に書いたことを未練たらしく繰り返しているのだ。私は何としてでも樹木の虐待をやめてほしいのである。しかし数日前も、車で近くの街を通ったら、よく繁ったこぶしの並木を、作業員たちが丸坊主にしようと頑張っていた。

どうぞお好きになさるとよろしいのだ。私は自分の書くものが現実を動かしうるなどとは考えたことがない。それではなぜ書くか。おなじ嘆きを抱く少数の人びとの、束の間の慰めともなれば、荒野に立ってなお筆をとらねばならぬこの身は本望なのである。

街路樹をしきりに切り縮めたいのは、ひとつは日本人が、それを庭木や盆栽の感覚で扱おうとするからかもしれない。幕末に日本を訪れた西洋人は庭園の美にうたれて、ここでは「自然はサロンのように着飾られ髪結われている」と感じた。それでも彼らは「自然が十分自然のままにされていない」という不満を禁じえなかった。何しろ庭木は刈りこまれたわめられて、帆かけ舟や机や衝立の形をしていたのだ。

このような極めて人工的な造園志向からして、日本人にはもともと自然に対する感受性が欠けているのだと言いたがる人がいる。そんなことはあるまい。庭は庭、外の自然は自然である。日光街道の杉並木、東海道の松並木は、亭々たる偉容によって西洋人の嘆賞の的となっていた。自分の家の庭木は好みや必要に応じて刈り揃えても、街道の並木を散髪しようとする偏執者は、少くとも江戸時代にはいなかったのである。

むろん、街道の並木と街なかの街路樹とでは、育てようがちがうだろう。そもそも江戸期の都市には、森や木立ちはふんだんにあっても、街路樹というものがなかったのかも知れない。それでわれわれは、江戸を去ること百数十年に至っても、いまだに街路樹というしろものの扱いがわからないでいるのだろうか。

しかしそれはさて措き肝心なのは、この百数十年のうちに、われわれの樹木に対する心性がまったく変ってしまったということではなかろうか。

文化八年、江戸では大火のあと区画整理が行われて、とある武家屋敷が引越しをせねばならぬことになった。庭には松の大木があり、向う屋敷から所望されて、いざ掘り起す段になって異変が生じた。人夫たちが掘りあげた土が、一夜のうちにもとに戻るのである。「これは伐るしかない」と人夫たちが言うのを聞いた主人、松の木の前に至り、「久しく居たところを移るのはいやだろうが、これも仕方のないこと。幸いお前を望む人がいるので掘り動かすのだ。どうか言うことを聞いておくれ」と説諭懇願したところ、異変は二度と起らず無事移植を完了した。根岸鎮衛の『耳袋』に出ている話だ。

迷信にもとづく作り話だと片づけるのはやさしい。だが迷信をうち滅して、われわれになにかいいことがあったのだろうか。

消え去った含羞

街を歩いていても、テレビを観ても、あるいは新聞を読んでも、たえがたいと思うことがふえてきた。最近というわけではない。ざっと二十年このかた、そうだった気がする。

むろん、自分が齢とって、現代の風俗や現象になじめなくなっただけではないか、という反省はある。老いとともに新しい時代相の悪口が言いたくなるのは、いつの世にも、誰の身にもあることで、それはご愛嬌でもあり、言い捨て、聞き捨てにしておけばそれですむことなのだろう。

だが、そんな反省をもってしても、自分の心の底深くよどむ嫌悪感ないし違和感は消えてくれぬ。自分の老いの一徹といった次元とは異なる、もっと本質的な、いわば人間をして人間たらしめてきた基本的な感性の次元で、この違和感は生じているのではないか、という疑いが捨てきれない。

とほうもない崩落が始まり、進行しているのではないか。むろん、これは観るものの眼の問題であって、私が崩壊と認める過程を、人類文化の新しい段階の始まりだと、提灯を持つ論者が大勢おいでのことはよく承知している。

しかし、八〇年代のポストモダニズムとともに横行し出した屁理屈に、今かかずらっているひまはない。そういう臆面もない現代肯定の言説自体、思想と学問における崩壊の局面にほかならないのだが、そんなことより、われわれはおのれの常識と感性に正直であればよいのだ。

たとえば、今の人間の表情やもの言いを美しいと見るか、醜いと見るかということだ。日本人日本人と言いたくはないのだが、仕方がないからそう言っておく。今の日本人の表情、とくにしゃべっているときの表情はぎょっとするほど不自然でえらそうである。何様ですかと言いたくなるほど芸人気どり、あるいは評論家ふうだ。なにか気取っていて、技巧的でいや味なもの言いになる。しかも厚顔。平静で謙抑な態度、ないしは初々しく頬を染めるような気振りはまったく見られない。このふたつは、外国人さえそれと認めた、かつての日本人の特徴だったというのに。

つまり一般に、著しく自己顕示的なのである。それは自分というものをしっかり持って、必要な場合は臆せずに表出するというのとは違う。自分の考えなどありはしない。マスメディアや各種タレントから吹きこまれた言説をただ繰り返しているだけなのだが、その分自分を何者かに見せたいらしい。

個性的とは図々しく恰好をつけることだと、錯覚しているのではないか。そうとでも考えねば理解できない表情やもの言いが多い。本物の役者のほうも、この頃は本当にいやな顔をしているのがふえたけれど、これも個性とは、アクの強さで自己を際立たせることだという思いこみが、一世を風靡していてのことだろう。

むろん江戸時代にも、はやりの本多髷を結って、「そうでゲス」などと、扇子で自分のおデコを叩くのが恰好いい、と思っているような軽薄児はいた。だが、そういうお先走りは半可通として軽蔑されたのだし、第一、世人をあげて芸人気取りになるなどという異常事態は、日本史上一度も現出したことがなかった。

わずかに救われるのは、山奥に住むお百姓さんや、大工や板前などの職人さんに、あい変わらず美しい表情や、つつましいもの言いが見られることだ。こういう人たちはカメラを向けられようが、マイクを差し出されようが、芸人気どりになることはまずない。自分が信じる日常を、はにかみながら自然に語ってくれるのである。

最近気づいたのだが、こういうはにかみをともなった自然な表情と語り口は、アメリカ人やヨーロッパ人にかえって残されている。恰好をつけないし、素朴だし、自分を売り出してもいないし、ゆったりと自然だ。その奥には、自分の生活を踏まえた静かな自信が感じられる。

アメリカのテレビ放送を見ると、アナウンサーやキャスターなど、おしゃべりを職業にしている連中の毒々しい自己顕示ぶりは相当なものである。しかしそれはメディアや芸能の世界のことで、ふつうの人びとの生活の根っこは、そんなものによって掘り返されてはいないようだ。この違いがどこから来るのか。私に考えはあるが、今は言わない。

当世流のしゃべりかた

当今の世相をあげつらってなどいると、自分の物言いが小言幸兵衛風に陥る危険をつねに感じる。そうだけはなりたくない。どんなに気に喰わぬ世相であろうが、肝心なのはそれを分析することである。ただ分析に当たっては、自分の基本の考えがあって、それは譲ることができぬというだけのことだ。

二十年ほど前から始まって、今や猖獗を極めている現代風しゃべりかたが私にはたえがたい。こんなしゃべりかたは、以前のわれわれはしていなかったのである。それは昔の映画を観ればわかる。小津さんの『東京物語』を観なさいとはいわない。原節子扮する若嫁さんの物言いなど、今は消え去った美しいうたかたである。

そんな今は古典となった旧日本人の物言い、表情など持ち出さずとも、七〇年代の騒がしいB級映画で結構だ。その頃の人間が、多少よたっている兄ちゃん姉ちゃんも含めて、いかにきちんとした話しかたをしていたか、観ればまったくおどろくほどなのだ。

私はむろん、語尾をやたらにのばして強める、例のしゃべりかたのことを言っているのだ。「——だからア、——してエ」という、今日の日本人が十人中九人までやっている、実に不思議なしゃべりかたは、いったいどこから発生したのだろう。

七〇年前後の全共闘の演説が、「われわれワアー」という、一句一句語尾をのばす特徴をもっていたのはまだ記憶に新しい。彼らが親になり、その子が年頃になって、語尾のばしはねあげ話法が一世を風靡するにいたったのだろうか。

そうとも言えぬ経験が私にはある。六〇年代の中頃のこと、用事があって熊本市郊外の中学校を訪ねたところ、ちょうどホームルームの時間だった。そこで私は一驚を喫した。生徒たちはいっせいに「ぼくワア、——君のオ、意見がア、正しいとオ、思いまアす」とやっていたのである。

つまり、ホームルームでこんな調子で発言していた少年少女が、長じて学園闘争をおっ始め、全共闘調演説スタイルを生み出したとも、思えば思えぬことはない。

しかしこれは、公的場面での意志表明に不慣れな日本人が、やむなく発明した公衆向けしゃべりかただったのだろう。もともと日本人は語尾を強めずに、さらっと発音するのが、きれいな話しかただと思っていた。しかしそれでは、公衆に訴えるのにいかにも弱々しい。ホームルームや演壇での発言が、次第に語尾のばしになってきたのは、戦後われわれが理解した「民主主義」にどうも関係があるらしい。

だが今日の語尾のばしは、私的な会話で花盛りなのである。しかも「のばし」などの域をとっくに超えて、「だからアアア」と、はねあげはねおろしの不思議な高低曲線を描くにいたっている。これは何を意味するのだろうか。

はっきりしているのは、教師や親が子どもに言い聞かせるとき、自然に語尾が強まるということだ。おなじ「いいですね」でも、語尾を強めると念を押すわけで、威迫的とまでいかなくても、押しつけの気分が強く出る。

今日人びとがやたらに語尾をのばしてはねあげているのは、自分の気分やら考えを抑制する必要がなくなったからだろう。むかしの人びとが語尾を強めずに、きれいに言い納めようとしたのは、そうしないと相手に対して押しつけがましくなると思ったからである。相手に自分を押しつけるのは醜いと感じる美意識がそこにはあった。社交はそういう慎みの感覚が育てたのである。

押しつけというと不本意な方々もあろうけれど、語尾をのばしてはねあげる話しかたは、一遍おぼえるとやめられないほど楽なのだ。だらだらと自分の気分や経験や考えを垂れ流すには、この話しかたが一番よろしい。慎みのない自己表白にまさにぴったりなのである。語尾をきれいに軽く言い納めようとすると、自己を保持しコントロールする構えが必要になる。「だからアアア」と言っている分には自分の独り舞台で、他者を意識したそんな構えはいらない。

「だからアアア」の世界は自己満足の世界なのである。自分の気分と理屈を、他者などお構いなしに垂れ流せるのである。人の言うことなど聞いていない。相手があって話してはいるのだが、実は対話も社交も不在という次第なのだ。

今のしゃべりかた再考

もう一度、今の人びとのしゃべりかたについて書きたい。私が苦痛に感じるのは、例の語尾のばし、語尾はねあげ話法だけではないのだ。「——じゃないですか」という、これも見境なしに濫用される語法にも、何ともいえぬいやなものを感じる。「——じゃないですか」という語法は昔からあった。日本語だけじゃなく、英語にだって付加疑問文というのがあるのだし、フランス語には有名な「ネスパ」がある。

英語についていえば、この付加疑問文には、「——だと思うが、違ったかな」というニュアンスと、「——だろうが、うんと言えよ」というニュアンスのふたつがあって、前者の場合は尻上がり、後者のときは尻下がりになるのはご存知の通りだ。

日本語の場合も、おなじふたつのニュアンスで用いられて来たわけだが、最近の「——じゃないですか」は、昔とは比べようがないほど多用されるというばかりではなく、用法自体が以前と違って来ているようだ。要するに、付加疑問文にする必要がないのにその形を借りるので、私がぎょっとするのもそのせいだと思う。

たとえば、「僕はそんなこと嫌いじゃないですか。それなのにあの野郎……」などと言う。あなた様がそんなことがお嫌いだなんて、私はまったく知らぬのである。それなのに「じゃないですか」とすり寄ってくる。

「じゃないですか」という語法は、もともと疑問の形をとりながら、自分の発言を相手に押しつける気味が強い。だから、この言いかたが花盛りなのは、語尾延長・はねあげ話法とおなじく、本質的には、自分を押しつけるあつかましさが社会的に許容されていることを意味するだろう。

しかし、付加疑問の形にする必要のないときにその形をとるのは、その押しつけが相手に対するあまえを伴っているからだ。つまり、自分を相手に押しつけたいのだが、摩擦や対立はいやなので、「じゃないですか」とすり寄るのである。

戦後どういう教育をほどこされたのか、われわれは自分をよほどえらいものに思っているらしい。それは顔つきを見たらわかる。「じゃないですか」というのも、「違うはずがない」という思い上がりの一種である。その思い上がりが戯画的に表れているのが、言葉のあとにうなずきながら挿みこむ、例の「うん」である。

いつ頃からかわれわれは、何かしゃべったあとに、自分で首を縦に振りながら「うん」という癖がついてしまった。デパートの売り子もそれをやる。「やはりこれがお似合いですね、うん」といった調子で、べつに失礼とも思わないらしい。昔は、自分がしゃべったあとにうなずいてみせるというのは、よほど気障でおえらい人のすることであった。

むろんこういうことは、例の語尾のばしから始まって、恰好いいと思うからひろまるのだ。この二十年ばかりの間、われわれの話しかたや使う言葉が著しくくろうと風になったのも、何かひねった、通ぶった言葉を使えば、自分が恰好よく思えるからだろう。「そんなのアリ?」みたいなくろうとっぽい言いかたが大好きで、かなりとかとてもと言えばいいところで「結構」を乱発し、「いまひとつ」を「いまイチ」と言い換える。ことごとく軽薄で騒々しいメディアの現場が生み落とした符牒的片ことで、つまり日本人の九割までが今や芸能人かジャーナリスト、もしくは遊び人に化けたと思えばよろしい。

その一方、「それ、どういう意味」といった金切り声的表現も全盛のご時世だ。自己を顕示したい心は、非難に対して過剰に身構える心でもある。一方では気取っておどけながら、一方ではヒステリックにわめき立てようとする。話がここまで来ると、問題は現代人の心の病ということになる。思えばこの十年あまり甚だしかった言葉とがめも、やはり時代の病気であった。

なぜもっと、静かで落ち着いた自信がもてないのだろう。訥弁であったり、口ごもったりする自分、立板に水のように、息もつかずにしゃべりまくるなど、気恥ずかしくてとてもできぬ自分がどうして信じられないのだろう。自分には自分の言葉があって、よく吟味しよく考えて、落ち着いてゆったりとものを言う覚悟がなぜできぬのか。最後に信ずべきは沈黙だと、古人も教えているというのに。

現代の反秩序主義

ある中学校の前をよく通るが、深くおどろかされることがひとつある。生徒たちが竹箒を手にして、正門前の通りの落葉を掃いている。いや、掃いているのではない。ただ箒を手にして立っているだけなのだ。

五、六人のグループをいくつか作って、おしゃべりに余念がない。ときどき申し訳のように、箒を左右に振り動かす。自分のからだは一歩も動いておらず、落葉はむなしく舞い散らばるだけである。

それではいくら何でも気がとがめるのか、グループを離れ、落葉のたまりへ行って掃きとろうとするのがまれにいる。いたとしても、ほかの子は徹底して無関心である。

この風景は何なのだろう。若いうちはありがちなことだが、彼らは教師の指示と名のつくものに、徹底して反抗しているのだろうか。それとも、怠惰癖が身についてしまって、一寸たりともからだを動かすのがいやなのだろうか。

私にはわかっている。彼らは反抗しているのでも、怠け者なのでもない。ただ、勤勉にあるいは真面目に働くのはダサイ、ファッションとして恰好が悪いと思いこんでいるのだ。ダラーッとしてもの憂げな表情を浮かべるのが最高に恰好いいと信じているのだから、箒とり取りをもって、腰をかがめてせかせか動きまわるなど、論外というわけだ。

さらに突きこむと、真面目に規律に従う生徒、つまりひとむかし前の表現でいうところの「模範生」らしく見えるというのは、彼らにとっておそろしく羞しいことなのである。それは個性がなくて奴隷的というのと同義で、許すべからざる悪徳である。

誰がそんなことを彼らに教えこんだのかとお尋ねですか。それはあなたであり私である。あなたや私が信奉し盲従して来た戦後イデオロギーが、校庭清掃といえばただ箒を持って突っ立っているだけの少年少女を生み落としたのである。

そんな覚えはない、とおっしゃりたい気持ちはわかる。昭和三十年代という戦後思想の花盛りの時期には、映画に出てくる女子学生だって、北原三枝や吉永小百合のように、きりっとした表情をして、きびきびと小気味よいからだの動きをしていたからなあ。

だが、戦後思想といえども、内包する論理の必然に従って進化し自爆する。八〇年代にいたって猖獗をきわめた反規律・反勤勉・反真面目の言説、よたって遊んでいるのが一番人間らしいのだといわんばかりのグータラ讃歌、あげくの果ては「カラスの勝手でしょ」なるフレーズに結晶した「自由」の戯画化、それらはすべて戦後イデオロギーの内なる論理を、ぎりぎりの帰結まで追いつめた姿にほかならなかった。

思想が世の中を動かすことはない、というのはうそである。思想家自身が世の中を動かすことはないにしても、メディアや教育や出版や社会事業といった広汎な社会部門には、思想を通俗化して流布する亜インテリの大群がいて、彼らの言動によって思想は大衆のレベルで血肉化される。そのとき思想は通俗化されたようにみえて、実は掛け値のない本音をあらわにしているのだ。

女子中学生がバッグを背中にではなく、おなかの方に廻してバタバタいわせて歩くのも、男子高校生がバッグの紐を長くして、ほとんどすねのあたりまでぶら下げているのも、若者たちがコンビニの前に坐りこんで、わざとふてくされた表情をつくっているのも、すべてそういう反規律・反秩序の弛緩したスタイルこそが、人間の自由で解放された姿だという当世流イデオロギーの発露でなくて何だろうか。

しかし、こういう反秩序主義が今日、ほとんど滑稽の域に達しているというものの、八〇年代から九〇年代半ばにかけて横行したグータラ讃美的言説は、自分では反権力・反体制のたたかいのつもりであったのだ。つまりそれは左翼くずれ、全共闘くずれの言説だったのである。

だが今や、何が起こったのかは明白である。現代資本主義はモノ作りからイメージ作りに転換すべき過渡期にあった。モノ作りだからこそ規律と勤勉が要求される。時代はもうそんなものを必要としていなかった。遊びと気まぐれこそ、新しい資本主義が求める運動空間だったのである。左翼くずれや全共闘くずれは「支配」とたたかっているつもりで、実は資本のための新しい空間を用意したのだ。これが歴史というもののアイロニーである。

覚醒必要な戦後左翼

前回、私は「左翼くずれ」「全共闘くずれ」ということを言った。「左翼」も「全共闘」も、御用済み、お払い箱になってすでに久しい。何をいまさらと言いたい御仁もあろうから、少し言葉を費やしておく。ただしこのことを、私は嬉々として書くのではない。言わねばならぬことだから、不愉快をおして言うのである。

全共闘という変種も含めて、戦後左翼の言説が八〇年代に入って失効し、影をひそめるにいたった経緯はみなさまよくご存知の通りだ。私に言わせれば、左翼的言説の破綻は何も八〇年代を待たずとも、少なくともスターリン批判から六〇年安保にいたるプロセスにおいて明らかだったのだが、いまそのことは措く。

戦後の左翼的風潮のなかで、孤立をおそれず正気を保ち続けた賢者たちはいる。私はそういう賢者ではなかった。そして、あなたもおそらくそうであった。だがいまは、そのことをもっておのれを咎めるのではない。われわれを左翼に駆りたてた情熱には、倫理的根拠があるからである。愚かさは救いがたかったとしても、情念自体は人類史的に正当だったからである。

問題は自己の思考、いや自己というより時代によって吹きこまれた思考が、厳然たる事実にぶつかって破綻してゆくなかで、何を見出し何を得たかということにある。私の道づれであったあなたがたに問いたい。あなたがたは何も見出さず何も得ていないのではないか。

戦後左翼とは、敗戦以前の日本の単純な全否定、自由・平等・民主という近代的強迫観念のやみくもな神聖化、国家・支配・権力に対する反感という点で、戦後市民主義のラジカルな一形態にすぎない。

毛沢東の文化大革命にいれあげてみたり、カストロに連帯してキューバへ砂糖きび刈りに出かけようとしたり、浅間山荘銃撃戦に快哉を叫んだりしたことが、いまとなってみれば愚かしいというだけでよいはずはない。私は幸いすでに経験も積んでいて、そういう愚行に加担したおぼえはないが、七〇年前後の動乱に血の騒いだ若者たちを、そのことばかりで咎めるつもりはいささかもない。

しかし、問題はその先である。七〇年前後の「革命」騒ぎから覚醒したとすれば、それは口をぬぐって戦後市民主義一般に退行するためであったのか。

今日、かつてのラジカルズの言動を見ると、革命や社会主義の夢は放棄しても、戦後市民主義的な世界像はいささかも変わっていないように思える。ラジカリズムが脱色された分、もとの地が現れたのである。

おのれの戦後左翼的な言行を真に省察するのであれば、様ざまな戦後的価値を疑わねばならず、さらには近代に対する根本的な懐疑・批判にいたらざるをえない。そしてそのためには、渾身的な勉強が必要であるばかりでなく、自己に対する覚醒が必要である。覚醒とは第一義的に、おのれについてのめざめにほかならないのだ。

かつてのラジカルズは、一度も自己の破産を自覚していないのかもしれない。あい変わらず反権力的な異議申し立て者であり、体制を批判するアウトローである自分に、心の底から満足しているのかもしれない。あるいは、実は方向を喪失し、思想的なその日暮らしをしているおのれを、そういう擬態でたばかっているのだろうか。私が「くずれ」と言うのは、そういう惰性を意識してのことだ。

そうでなければ、たとえば今回のニューヨーク・テロ事件、それに続くタリバン攻撃について、アメリカ帝国主義対アラブ民衆といった図式でしか語れないといったことが起こるはずはない。彼らの世界認識は旧態依然、何も変わってはいやしないのだ。

私はこの回をもって一年間の連載を終えるのであるから、イタチの最後っ屁ではないが、正直に言わせていただく。考えあって、私は天下国家について論じることを避けた。かわりに、街路樹や、いまの人間の表情やもの言いについて書いた。天下国家に関することよりも、その方がもっと本質的であり大事だと思うからである。このことをもって私が韜晦したり、しんどい論題を避けたりしたと思ったら大間違いだ。旧態依然たる思考枠で、左翼くずれ的情勢論を垂れ流している連中こそ犯罪的なのだ。木々が切り倒され、人びとの表情や言葉が劣性化していることは、まさにわれわれが対峙すべき時代の本質なのである。

*

前近代は不幸だったか

懐古の意味はどこにあるか

懐古というのはこの新世紀の冒頭を飾るキーワードのひとつになったようだ。これは前世紀末からのことだが、まずは江戸時代ブームというものがあった。二〇年超すのにまだ衰えぬ。このごろは昭和三〇年代回顧の花盛りである。こういった現象の意味するところは誰の目にも明らかだと思う。人びとは確かに社会の仕組みから街並みの様子、自分たちの表情や声音まで激変してしまった現状に、なにか脅かされせき立てられているのだ。

そういう懐旧の感情はついこのあいだまで、退嬰的かつ反動的として一蹴されるのがふつうだったけれど、いまではそうはいかない。親殺し子殺しが続発するような今日の世相にただごとならぬ感じを抱くのは、人として当然のことではないか。むろん、親殺し子殺しはむかしからあったし、だからこそ江戸時代では、前者は特に重罪とされていた。だが、昨今の親子の殺し合いの様相は、むかしからあったではすまされぬ異様さを呈していて、そのことに気づかぬふりをしようというのは土台無理な話なのである。

このごろの社会と人間の変貌には、娑婆はいつも変わっていくものだし、その変化は多少の弊害は伴うにしても結局は福利をもたらすのだといった、これまでは通用したかもしれぬ言説を一切無効にしてしまうような、なにか根本的に怖ろしいところがある。そのことに気づいていればこそ、人びとは過去を振り返らずにはおれぬのではあるまいか。だとすれば懐古が逃避であるはずはなく、むしろ現代という一種の地獄からの脱出の第一歩ですらありうるはずなのだ。

だが、何が怖ろしいというのか。おれは一向に怖ろしくはないぞとおっしゃる方には申し上げる言葉がないにしても、何をもって現代文明を異常とするかという点で、私はもう少し具体的な話をしなければならないのだろう。しかし、それは追い追い小出しにすることにして、いまはふたつの例を挙げておこう。

ひとつは、あっという間に必要欠くべからざる小道具となったケータイのことだ。いったいあれは何なのか。便利なことはわかる。写真も撮れれば、インターネットの機能もあるという。だが、どこに居ても連絡がとれる便利さは公衆電話が街角やオフィスや乗りものに完備されればすむことだし、写真はカメラで撮ればよいし、街を歩きながらネットを検索する必要はない。あんなものがなくても世の中は十分間に合っていたのだ。それがいまでは、街頭でも電車の中でも、いっせいに顔の前に短冊みたいなものをおっ立てて、しきりに画面を変換しながらじっと見入っている。実に異様で実におかしい。だが、笑った次には怖ろしくなる。

電車に乗り込むとすぐにケータイを取り出して、乗っている間ずっとパチパチやっている女子高校生をこないだ見かけた。不幸という名を画に描いたようだった。この人は家に帰ってもパソコンの画面を見入ったり、それに何か書きこんだりして時を過ごすのだろうか。つまりこの子はケータイやパソコンの画面とだけつきあって生きていく方が楽なのだ。これが怖ろしくないなら、世の中に怖ろしいものはない気がするがどうだろう。

あんたはものを知らないので、ケータイやパソコンは若い人には連帯の手段なのだよ、たがいに会ったこともない人間とコンタクトして大いに盛り上がったりしているのだよと教えたい方もいるかもしれぬ。それは私も承知はしているので、こないだテレビでケータイによるいじめという話をやっていた。自分の知らぬところでデマに類する情報が書きこまれ、あっという間に拡大する。そんないじめになぜ加担するのかと問われた高校生は、盛り上がるのが楽しいし連帯感が生まれると答えていた。

この盛り上がるというのも以前の日本人ならまずは使わない言葉だった。私は近ごろの球場風景を思い出した。誰か指揮しているふうでもないのに、いっせいにメガフォンみたいなのを振り回しかけ声をそろえて、まるで訓練された応援団である。これが盛り上がりであり連帯なのだろう。アメリカの球場で見られぬところであり、日本の球場でも高校野球以外はむかしはなかった光景である。操られて共同動作をするのが楽しいので、戦後日本人が個人になったなどという話が嘘の木葉であることがこれでわかる。こんなふうに盛り上がらなくては楽しくなれぬ時代、これは怖い時代ではないのだろうか。

ふたつ例を挙げただけで私は気分が悪くなった。私にとって現代は実にいやな時代だ。だけれども、いやなことをつまみあげて八つ当たりしたって少しも楽しくはない。自分が老いぼれて新しい現象についていけないだけじゃないのかという反省ももろんある。だが、このごろの世の中がとても変だというのは、私のような老いぼれだけが感じているのではなく、まだ若い人びとがそう言い出しているのだ。肝心なのはこの変な世の中が、近代以来人間が追求し獲得してきた物事の集積の結果だということである。さらに、その集積の結果が実は人間の解放と福祉を願った一大奮闘努力のなせるわざなのかもしれぬということなのだ。

われわれは何を願い何を希んだあげく今日のような事態をもたらしたのか。数年前亡くなったイヴァン・イリイチは最善のものの堕落は最悪であるという警句をあとに遺した。最もよき意図が最も悪しき結果を生むというこの逆説は、果たして近代の歴史によって実証されるのだろうか。過去をのぞきこむのはむずかしい。自分の属する現代の思考枠に従って過去を裁くのなら、むしろのぞきこまぬにしくはない。過去はなつかしむものとしてあるのではなく、われわれを驚かすものとして存在する。江戸ブームにしたって昭和三〇年代ブームにしたって、過去の姿に驚いたからこそブームになったのだ。当然視される現代の価値観を揺るがすものがそこにあった。懐古の意味はその点にあったのである。

江戸時代人にとっての死

私たちが江戸時代なら江戸時代を振り返って、現代からすれば思いもつかぬような、あるいはすっかり喪われてしまった美点を見出すとき、江戸時代の人間の出生時平均余命は二〇歳台だったのだぞ、なんてことを言いたがる人が必ずといっていいほど出て来る。むろん、それは心得ていてよいことだ。だが、そういう人はなにか問題のありかを勘違いしているのだ。

その人はいろいろとあっても総合すれば、現代は過去のどんな時代よりも良い時代なのだと言いたいので、なるほど、健康・衣食住・人権・安全・移動の便宜等々、ひとりの人間の幸福度に関与する様々な項目を立て、それぞれ点数をつけて集計すれば、現代が最高の得点を誇るのは小児でも推測のつくことである。だがこの場合すっかり忘れられているのは、点数は現代人の価値観＝思考枠に従ってつけられているということだ。

ある過ぎ去った時代の美しさなり魅力なりにふっととらえられるとき、私たちはその時代を現代と比較してより良かったと考えているのではない。そんな比較はもともと成り立ちようがないのだ。生活のありようも仕組みも、自分とそれを取り巻く世界との関係も、すべて異なっているふたつの時代あるいは文化の優劣をどうやって判定しようというのか。そんな判定が可能だと思うのは、それこそ現代人たる私たちの傲慢かさもなくば軽信だろう。

たとえある時代の人間が平均して二十数歳までしか生きなかったとしても、それが不幸だと思うのはあくまでも現代人の感受でしかなく、平均余命二〇歳台の人間はそれなりの輝きをもつことができたのだ。たとえば江戸時代の人間は自分の一生について、いまとはまったく違う感受のしかたをもっていた。

もちろん、彼らにとっても長寿は願望でありことほぐべきものだった。しかし一方で、彼らは死ぬことをなんとも思ってはいなかったのである。生への執着がなかったというのではない。それは十分すぎるほどあったけれど、いざ死ぬというときが来れば、「あれ、死んじゃった」みたいに、まるで冗談のように自分の死を受けいれるのが普通だった。武士は身分柄、自裁せねばならぬことがあった。その際、おどろくほど淡々たる態度を示したという話は、なにも彼らに課された非人間的要請の例証ととる必要はない。死は武士にとっても庶民にとっても身近で親しいものであり、ときにはそれと戯れることもできたのである。

そういう死に対する淡白な態度は、アナル派の歴史家フィリップ・アリエスによれば、前近代のヨーロッパ人にも普通のことだったらしい。どんなに死をいとい生に執着していても、死ぬべきときを迎えればあっさり得心して死ぬというのは、してみれば洋の東西を問わぬある時期までの普遍的な心性で、私の少年の頃までだって、あっさり淡々と死んでゆく人たちは身の廻りにまだ大勢いたような気がする。

幼児死亡率の高い時代であるから、名の知れた江戸時代人の伝記を見ると、きょうだいで夭折したものの数が多いのにおどろく。生き残った子どものほうが少ないのである。むろん、幼いわが子を喪うのは親として辛いことだったろう。しかし日記などに徴すると、彼らはいつまでも悲しみにとらわれることはなかったふうなのだ。飼猫が死ぬと身も世もなく、葬式を出し墓を建てる私たちとは、よほど生死の感覚が異なっていた。

だから、平均余命が七〇、八〇という現代からして、二〇余りの江戸時代は悲惨だったというきめつけは、ただ現代の価値観を表しているだけで、ふたつの異なった文明の優劣を判定するという、それ自体不可能で無益な言説に陥っているわけだ。人の若死を悼むのは古今変わらざる人性のつねである。だが自分のこととして考えるなら、五歳で死のうと一八歳で死のうと、それはそれで一生であり、ひとつも悲惨ではなかったのではあるまいか。平均余命の長さを誇るなら、長生きしたほうが勝ちという不気味な結論に到達してしまいそうだ。

私たちが江戸時代人の死に対する淡白さにあるおどろきを覚え、やがてそのおどろきが感銘に変わるのを感じるとき、私たちはけっして江戸時代のほうが現代より良かったと言っているのではない。現代という特殊な文明について、必要なめざめの端緒に立っただけの話である。

死に対する感受が彼らと私たちでこんなにも違ってしまったのは、むろん近代におけるヒューマニズムの発見のせいであり、またひとつには近代科学がもたらした生命の物質としての捉えかたのためである。ヒューマニズムとは弱者や苦しむ者をあわれむ心ではない。そういう心性なら大昔からヒトには備わっていた。それは森羅万象を人間の立場から人間のために解釈する立場である。ひとりの人間の生命が地球より重いというのは、そのようなヒューマニズムが達しえた最高の倫理的箴言だろう。だが今日私たちの生きる毎日が重くかつ不自由でならないのは、人間というたかがひとつの生物に負わされた、そういうとほうもない意味づけのせいではないだろうか。

明治の初め、西洋人宣教師から聖書を手ほどきされたひとりの侍は、「人間が草や木よりずっと尊い存在であろうとは」とおどろきの声をあげたということだ。彼は西洋ヒューマニズムの根源に初めて触れて感嘆したわけだけれど、今日の私たちはそこに痛切なアイロニーを感じないではおれぬはずである。

江戸時代人が死をそれほど恐れなかったのは、むろん彼らにとってあの世が実在していたからである。近代科学は死ねば人間は物質に還元し無があるばかりだと教えた。なんといってもこれは掛け値なしの真実だ。しかしその真実によって、生がとほうもなく困難なものになったのも確かだ。しかも、現代文明が私たちに課す困難はただ死の問題にとどまらない。

身分制は汚点か

いまの人間は身分制というものを前近代社会の最大の汚点と考えているだろう。それはほんとうにそうなのだろうか。

江戸時代には人びとは士農工商という身分制に縛られて、理不尽な宿命のごとき生涯を送らされていたといわれる。なるほど、百姓の子に生まれたからには一生百姓で、武士に出会えば土下座せねばならぬ（実はそんなことはなかったのだが）となればたまったものではない。門閥制度は親の仇と福沢諭吉がいうように、上士というだけで無能な奴にふんぞり返られてはこれも癪の種である。

身分制にまつわるこういった暗くて理屈に合わぬイメージには、虚像に類するようなものも多々紛れこんではいるものの、平等という近代の最大の獲得物の上に立つ私たちからすれば、人間に生まれついた身分があるということ自体が許せないのは当然のことだろう。だが当然のあまり、身分制のもとに生きた人びとが平等を謳歌する私たちよりずっと不幸だったと考えるのも現代特有の軽信にほかならぬことを忘れてはなるまい。

というのは、身分制は現代人の眼にどんなに不合理に映ろうとも、そのもとに生きる人びとに心の落ち着きと生涯の充実を保証するものだったからだ。彼らは自分探しなどする必要はなかった。職業選択に心を労することもなかった。親が百姓なら自分も百姓をすればよいので、その百姓という身分には誇りも自尊も欠けてはいなかった。百姓だけではない。江戸時代の庶民は職人であれ商人であれ、自分の職分とそれに捧げられる生涯を、人間社会いやそれを含む全存在のコスモスの必要欠くべからざる要素として納得し肯定していたのである。

つまり身分制というのは、個人を社会とそれを含む森羅万象の中に位置づける世界観の表現なのだった。江戸時代における身分制は個人をそれぞれの職分に位置づけるもので、その職分とはそれが調和的に結合することで宇宙内存在としての自己の生涯を有意義たらしめるものとして働いた。それぞれの職分あってこそ人間社会は調和的に働くのだから、自分の身分を嫌悪したり他の身分を羨ましがったりする必要は毛頭なかった。

そのような身分観が正しいとか合理的だとかいうのではない。ただ、むかしの人はそう信じて満たされていたというのだ。江戸時代の庶民は武士を羨ましがったりしてはいない。それなりの尊敬や憧れはあっても、では武士にしてやろうといわれたら、そんな面倒はご免蒙るというのが大方の庶民の心情だった。彼らには武士身分に対する自尊の感情があり、また揶揄の思いすらあった。武士はもともと戦闘専業者として支配者の地位に就いたが、江戸時代には文官的統治者に変貌した。庶民は宇宙の秩序としての統治を受け入れたのであって、武士の刀を怖れたのではない。まったく二本差しがこわくては目刺しは喰えぬ道理である。

考えてみれば、身分制社会はある種の微妙な均衡を達成していたといえるかもしれない。武士は社会の儀表であって、彼らが守るべき勇気、廉恥、節操などの徳目は庶民の道徳にも範例として大きな影響を与えた。しかし一方、庶民は労働に明け暮れるおのれの日常に不動の価値を見出した点で、支配者たる武士から精神的に独立していた。もちろん、こういう均衡からはみ出してしまうあぶれ者は武士にも庶民にもいた。しかし、そのような秩序からの逸脱者は人類社会のつねに変わらぬ産物であって、なにも江戸時代に限ったことではない。

　こういう武士と庶人との関係は英国の貴族と庶民の関係に似ているかもしれない。英国では一九世紀までは貴族が支配する身分制社会の様相を濃くとどめていて、スノビズムなる言葉が示すように貴族は庶民の憧憬の的であった。しかし一方、庶民には成り上がることをいさぎよしとせぬ自立した生活社会があった。この辺の機微を活写したのがディケンズの『大いなる遺産』という小説で、貴族に成り上がることを夢みた主人公は、自分を生み育てた庶民社会の慎しいゆたかさへ結局は立ち帰るのである。

　贅沢をし放題の支配者がしあわせで、貧に苦しむ被支配者がふしあわせかといえば、そんな単純な仕組みにかつての社会はなっていなかった。身分の多元性は社会に縦深性を与えたのだ。人びとはそれぞれの生涯に意味を見出し、それをひとつの物語として完結することができた。身分の代償は心の満足と安定だったといえば、現代文明とはまったく異なる仕組みの文明の決定的な特徴を述べたことになるだろうか。

　江戸期の身分制はけっして固定されたものではなかった。庶民から武士になった例はいくらでもあるし、武士の身分がいやなら捨てることもできた。しかし、安定と満足をもたらした一方、人びとは野望につき動かされることも少なかった。幕末に長崎を訪れたロシアの小説家ゴンチャロフは、日本人の眼はまるで眠ったままのようだ、喰って寝ることしかしていないらしいと感じた。いかにも近代の価値観を正直に告白した言葉というほかはないが、問題はたしかにそこにあったのだ。

近代の平等とは成立の歴史の深みもあり、けっして単純なものではない。身分制社会が保証する心の落ち着きがたえがたい束縛と感じられ、自分の生涯を自由な投企とみなしたい衝動が解き放たれたのには、それ相応のプロセスがあった。しかし、近代が展開して現代にいたる間に、平等はおそろしく平板で単純な観念と化して、人びとを野望と羨望、ねたみと不安にかりたてるおそるべき力動を解き放ったのである。今日では、平等とは金銭と社会的名声あるいは地位を求める果てしない競争を意味する。ボーイズ・ビー・アンビシャスという気高い標語がもたらしたのが事実上どういう事態だったか、思いを致してよい時機はもうとっくに来ているのではあるまいか。

主従関係を見直す

身分制と並んで封建的遺制として嫌悪されてきたものに、親方―子方という前近代社会を特徴づける人間関係があるだろう。そんなものが幅を利かせているのが、私たちの社会に民主・平等の気風がいまだに根づいていない証拠だといった言説は、ひところずいぶん耳にしたものだ。

しかし、私党をこさえて大将風あるいは親分風を吹かせたい人間はいつの時代にもいるもので、派閥というものがそこに生じ、その事情は現代のアメリカだって変りはしない。江戸時代の親方―子方関係というのは、そういう子ども世界にも餓鬼大将とか番長といった小ボスを産むような、いわばヒューマン・ネイチャーの普遍といった現象とは違って、人間の共同的な関係の特殊なあらわれとして、社会の大事な構造をなしていたのである。

江戸時代の社会が広い意味で親方―子方関係によって根幹を維持されていたのは、職人や商人の世界を見るだけで明らかだ。農民だって、江戸時代には独立小農が成立し展開したといわれるが、それ以前の隷民を含む大家族経営の遺風が色濃く残存し、とくに東北地方ではそれが支配的であった。武家社会だってその由来を見れば、君臣関係が親方―子方関係の変型だということが即座に納得される。

しかし江戸時代には、もっとゆるやかで見えにくい親方―子方関係が、社会全般に網の目のように張りめぐらされていたようだ。ここに一軒の武家屋敷があるとすれば、そこに植木屋であるとか大工であるとか魚屋であるとか、商人や職人が出入りする。その武士が形だけでも地方《じかた》に所領を持っているとすれば、そこから下男も女中もやってくる。そしてその出入りは一代限りではなく、親から子に引き継がれて何代も続くのである。

たとえば将軍家の奥医師である桂川家には、毎年伊豆諸島の御蔵島から大量の椎茸と薪が届いた。これは桂川家の初代が、回漕船を江戸へ直送したいという島民の願いを老中に取り次いで叶えてやったことへの礼として慣習化したもので、それは維新後桂川家が没落したのちも続いて、いまや小屋住いの当主は置き場に困ったという。島人は振舞い酒に「もったいねい」を連発して純朴そのものであった。彼らにとって年に一度の桂川家詣では心躍るハレの日だったに違いない。

これは日本だけのことではなく、江戸期と限った話でもないが、前近代にあっては、庇護―奉仕の関係は人間社会の共同性を保証する仕組みの根幹であったのだ。それはまた忠誠という感情の出どころでもあった。力や権威や知恵でおのれより秀いでた者のまわりに人びとが集まり、単に力や金銭にとどまらぬ親密な心情を共有するのはひとつの生き甲斐であった。庇護も奉仕も心からのものであって、強制でも束縛でもなかった。現代人はともすればそこに個の人格を否定する奴隷根性を見い出そうとするが、それは彼らが現実的な基礎と前提を失って、実際に桎梏と化した親分・子分の隷属的な関係しか知らぬからではあるまいか。

東北地方などに色濃く残存した同族と呼ばれる疑似血縁的な農業共同体は本家を頂点とする主従関係で成り立っていたが、その圏内においては下人はもちろん分家も本家の親方に服従するかわりに、親方は傘下の成員の面倒を完全にみなければならない。親方がその義務を果せなくなれば、彼は他にその地位を譲らねばならぬのである。

成員が完全に平等な共同体など近代の幻想であって、中世史家の中村吉治氏がつねづね強調したように、共同体というのは必ず上下の秩序を含む。リーダーのもとに結束してともに生きのびようとするのが、史上の共同体の実態であった。そのように成員の生存を保証する働らきが失われ共同の名が無実と化したあとまでも主従の規制だけが残るとすれば、それがたえがたい封建的な因襲と感じられるのは当然のことだ。

奉仕とか献身をある具体的な人格に対してささげるという行為や心情を、私たちが忘れ去ってどれほどになるのだろうか。祖国とか人道という抽象的な観念への奉仕、献身は知っていても、ひとつの他の人格に対しては、平等という観念が先だってか素直に頭を下げる気にもなれない。下げているとすれば、社会的な利害や儀礼のためで、もともとは神仏に対してさえ頭を下げたくはないのである。

このような近代人の傲慢が一般化する以前は、人びとは自分より大いなるものへいつでも頭《こうべ》を垂れる心を持っていたし、それゆえにまた、ひとつの人格に対して惚れこみ、おのれを無にして尽くすことができた。しかし、そのような献身はあいてが献身し甲斐のある人格だからこそ成り立ったので、けっして因襲でも奴隷根性でもなかったことを承知しておかねばならない。

日本の武士の主従関係は西洋のような相互的な契約ではなく、主君が義務を果さずとも臣下は忠誠を尽さねばならぬ一方的関係だとよくいわれるが、これはまったく誤った認識である。江戸初期に至るまで家臣は頼み甲斐のない主人と思えばいつでもそのもとを去るのが常であったし、江戸期に至って主従関係が固定化したとしても、その内実は従者が主人を自由に操って、時には幽閉することさえあった。幕末に来日した欧米人は上司が部下に非常に気を遣う様子におどろいている。

親方―子方的結合にこの世の人間の絆のありかたを見い出すのはけっして窮屈な生き様ではなく、その中には花も実もあり融通さえも利いたのだった。人に上下はないと信じる現代人にとって、そういう共同のありかたを容認するのがとても無理なのはうなずける話だ。しかし、平等を建て前とする現代ほど、組織における上下の指揮命令系統を厳格に施行しようとする社会はなかったのではあるまいか。今日のアメリカ映画を観ると、どっちがボスなんだとか、おれがボスだぞといったセリフが飛び交っている。平等とは事実上、上下関係を瞬間瞬間ごとに闘争によってかちとらねばならぬシステムといえまいか。

家業と街並み

わが棲む街に子どもの時分からなじみのあった店が残っているというのはよいものだ。そこにはささやかながら生の安定というもの、持続というものが感じられる。たとえ改装されてむかしの面影をあまりとどめていないにしても、やはり私の知っていたその店である。おなじ貌ではないにせよ、おなじ名でおなじ場所に建っている。私の生まれたときから一緒に生きてくれたのだ。そういえば、私の生の刻み目に立ち合ってくれたことも再々あった。

しかし気がつくと、そういったむかしなじみの店がほんの数えるほどになってしまった。店はどんどん入れ替ってゆく。子どものころからどころではない。十年前に新しくできた店がいつの間にかもう消えている。これではわが街もへったくれもなかろう。常時見知らぬ街に暮らしているようなもので、私たちのなにか投げやりな軽々しい気持ちは、案外こんなところにも根ざしているのではあるまいか。

なぜそんなことになってしまったかというと答は簡単で、子が親の家業を継がなくなったからに相違ない。代々受け継がれていたからこそ、その店はずうっとそこに在ったのに、ある日子が親の仕事はいやだ、よそへ行って好きに生きると言い出せば、店は親父の代限りになるほかはない。つまり、家を継ぐという観念が消滅したときが、街並みが変転興亡つねならぬ時代の始まりであったのだ。

と書いて来て、座り心地がよくなくなるのはこの私である。私には家などという観念はまったくなかった。若いころだけではない。四十五十になっても、渡辺家などということは頭のはしをかすりもしなかった。

もともと私の父には家業などというものはなかった。この人からしてすでに都会の流民であり、その子の私がそうであるのは当り前で、先祖の墓なんてどこに在るのか知らないし、なんでも親父の親父、つまり私の祖父は熊本の菊池というところの百姓の出だという話は聞いた覚えがあるが、父方の爺さんも婆さんも顔すら見たことがない。そんなことより、父からして私とはまったく無縁の人だったのである。父とさえ関係がないのだから、先祖など頭の中にあるはずがない。

しかし仮に父方が代々続く商家の当主だったとしても、私は「文学をやる」とかなんとかほざいて出奔し、店はあえなく親父限りでつぶれたであろう。そうだ。江戸時代、ひとが生きる上で礎ともなりしがらみともなっていた家を打ちこわした先駆者は、「文学をやる」とほざいて家をとび出した明治の若者たちであったのだ。疑うものは志賀直哉その他を読めばよい。

つまり、そうした明治の詩人気どりの若者の末裔たる私たちにとって、自分とは個人以上の何者でもなく、福沢諭吉ではないが、家制度は親の仇でござるというのが、青春のめざめと一緒にやってくる感覚だった。いや仇なんて大袈裟なものじゃなくて、ひたすら関係ねえよといった軽さであったのか。もちろん明治の先輩が創始した家離れ、個人宣言にはそれなりの意義があったことは否めない。それにしても、そうした個人の自覚、さらにはその上に立つ人類同朋の夢というものは、今にして思えばなんと味気ないものであったことだろう。それはひとつの抽象にすぎず、充溢もなければ成熟もなく、おのれの存立条件についてすら無知な影絵のような観念ではなかったか。

ひとは歴史の上に立つしかない生きものである。おのれひとりでできあがる歴史などというものはない。親がおり子がおればこそ歴史がある。生の意味ある持続はそうしたつながりの中で生まれるのだし、家という意識と仕来りが成り立つ根拠もそこにあったと考えられる。そういう家の意義に思いを致すとき、頭に浮かぶ江戸期の文人がいる。その名は鈴木牧之。『北越雪譜』の著者として名高い。

この人ほかに『秋山記行』を始め著作十数種、江戸にも知られた文人だったが、本業は越後国魚沼郡で質屋を営んでいた。もちろん家業を父から受け継いだので、若いころからすべての欲を抑えて厳しい修業に明け暮れたと、自伝『夜職草《よなべぐさ》』で回想している。そういう跡継ぎとしての精励が稔って、死に臨む父に今生に思い遺すことはないかと尋ねると、「義惣治という跡継ぎを持ちて、さらにこの世におもい遺すことのない男だ」という答が返った。牧之、一生のよろこびだったに違いない。義惣治は彼の通り名である。

家業を守るというのは牧之にとって、ほかの何事にも勝さる責務だったに違いないが、それがたんなる責務にとどまらず、日々のよろこびの源泉だったというのがこの際肝心である。働くことが大好きで、家庭の修繕から傘張りまで自分でやるというまめさだったけれど、何よりもこの家業を守ってゆくのが純粋な楽しみだったのだ。

彼と親交あった馬琴は書を寄せていう。あなたはご多能で、大工仕事から何からご自分でなさる由、まさにご一家の幸いである。特に渡世を先にし、文業の楽しみを後になさるというのがよろしい。商売の余力にする風流こそまことの風流で、あなたのようなお方は実に珍しい。

馬琴は牧之の文業の本質を見抜いていたというべきだろう。牧之にとって家業とは文業の妨げになるものではなく、むしろその基礎としてあるべきものだった。父から自分、さらに自分から子へと受け継がれてゆく生活の様態こそ、つまりその生命の流れの持続こそ、彼の文雅の心と観察眼の源泉だったのである。

家どころか家庭すら崩壊しかねないこのご時世に、私はたぶん世迷い言を書き連ねたのに違いない。都市の流民として孤絶のうちに死ぬのが正常と、思い定めるほうが先決ではないのか。だが、人間とはそんなに心丈夫にできているものではあるまい。百姓の子が百姓を、職人の子が親の手職を継いでゆくことが、この世の成り立ちにしっかりした基底を与えていたのだし、今の世の中でもそれはやろうと思えばできることなのだ。

*

私塾の存立

人にものを教えたいという衝動、これはいったい何なのだろうか。世の中には、人にものを教えるのが好きな人と、そうでない人とがいる。職人にだってそういうちがいがあって、中学生のころ、私が動員された工場で接した工員にも、いかにも教えるのがたのしみな人と、それがめんどうでならぬらしい人とがいた。あとになってなつかしく思い出されるのが、そういう何も教えてはくれぬ不愛想な人たちであるのも、考えてみれば不思議なことである。

しかしこれは、人柄なり人のたたずまいのことだから、私がいま与えられている私塾という話柄には直接の関係はあるまい。だが私は、塾というものへの今日のある種の関心を思うとき、どうしても、ものを教えたいというこの衝動から話を始めないわけにはいかない。つまり私は、今日の私塾論、それも一定の政治思想的傾斜をふくむ私塾論が、どうも、ものを教えたくてたまらぬ人間のほうから、いっぽう的に発せられているように思えてしかたがないのである。私塾の意味については、教わる側の、ものを教わらない権利のほうから考えてみたほうがいいと思う。私はなりわいとして、中・高校生に英語を教えているが、勉強から逃げたい一心のあい手の首根っこをつかまえるという、このしんどい仕事を十年も続けられたのは、あい手はいやならいつでも塾をやめられるのだ、という気やすめがあるからである。塾というのはこの点がいい。勉強がいやなら塾に来なければいいし、先生とうまが合わぬなら塾を移ればいいのだ。入塾したいという子に会ってみると、続くか続かないか、すぐわかる。要するに私とおりあいがつきそうにない子は、入ってもすぐやめて行く。よその塾でもおなじことで、ときには、塾ジプシーのようなつわものがとびこんで来ることもある。

私塾と公教育はここがちがう。公教育は強制であって、回避することができない。高校、大学でも、またそれが私学であっても、社会に出るための公的教育機関は、それが制度である以上、教育を受けるものにとってはみな社会的強制である。そこでは学ぶ意志は前提されていない。その意志の有無にかかわらず、社会で労働の機会を得るためには、強制的に通過せねばならぬ制度として存在している。

だから、公教育に従う先生たちは、勉強する意志のない生徒に同情があらねばならぬ。彼は勉強がしたくて学校に来ているのではない。ただ、制度を忍耐しているのである。先生というのは、程度の差はあれ、かつては勉強が好きな生徒であった。したがって彼らはみんな、勉強ができぬ生徒は、あるいはできぬまでも好きでない生徒は不幸だと思っている。そういう不幸を黙過してはならぬ責任が、じぶんたちにあると思っている。まじめで立派な先生ほどそうであるが、そこから一歩進んで彼らは、生徒をそういう勉強ぎらいにしているのは、教育の体系に欠陥があるからだと考える。

もちろん、欠陥はあるだろう。私の塾はほとんど〝落ちこぼれ〟専門であるから、いまの中・高校レヴェルの公教育が、どんな悲惨なことになっているかは百も承知している。その欠陥を正せというのはいい。だが、その欠陥をただせば生徒はみな、教室で眼を輝かせた勉強好きになるという仮定は、私にはとほうもない幻想に見える。こういう仮定は、知識はすばらしいものだ、それから疎外された人間は救済されるべきあわれな存在だ、という信念から来ている。また知識は、正しく伝達されればあい手の眼を輝やかさずにはいない、という確信にもとづいている。

いかにして生徒を勉強好きにするかという工夫は、良心的な教師たちによって数々考案されている。生徒の眼を輝やかす授業も工夫され、公開され、記録にさえとられている。私はそういう努力に水をかけるどころか、それに敬意を払うものといっていい。だが、そういう人たちに大きな、あるいは致命的ですらある錯覚が存在することについては、ここで口をつぐむわけにはいかぬ。

この人びとは、どうやったって制度は制度だということを忘れている。あるいは、知識とはそれほどいいものか、という疑いをすりぬけている。人間には、制度として与えられる教育から逃亡する権利がある、というかんじんかなめな点をおさえきっていない。

私は自分の経営する学習塾が、生徒にとっていつでもやめられるものであるのがなぐさめだといった。もちろん、私の塾だって制度なのである。就職のため高学歴が要求されるという制度が高進学率を生みだし、その高進学率の当然の結果として生み落される学業不振児を私があずかるのであるから、これはこれで立派に補完的制度なのだ。私は自分の塾が自由にやめられるものであることから、塾生に学ぶ意志を前提している。しかし塾生からいえば、それは虚偽である。彼らはやはり、心理的強制によって塾がよいをしているからである。だが私は、そのたてまえをたてとおす。やる気があるから教える、ないものは去れという原則にしがみつく。

もちろん実際には、人の話を聞こうとしない奴らの首根っこをとりおさえ、手とり足とりして勉強のほうに顔を向けさせる。通っても成績のあがらぬ塾なんて無意味なのだから、そうしないと明日から飯のくいあげである。でも、ならおうとする意志があるから教えるのだというたてまえは、崩しはしない。君たちが勉強しないのは教えかたが悪いのだ、はい、誰だって一度憶えたらやめられぬという勉強法を教えますよ、英語はこう学べば遊びよりおもしろいんですよ、といった教えかたはけっしてしない。しないというより、そんなことできやしないのだ。その人の授業を聞けば、どんな勉強ぎらいだって勉強好きになるという教師は、きっと存在するだろう。それは才能というものだから、広い世の中には存在せぬはずはない。だが私にそういう才はないし、世の教師のすべてにそういう才能を強いるのは、はなはだ酷な話だと思う。

人は教育というものに、あまり過大な期待はもたぬがいい。つまらぬ教師につまらぬ授業を受けたから、おれの天才がのびそこなったといえる人がいたら、お目にかかりたい。教育というものに最大の効果が期待できるのは、あい手に学ぶ意欲がある場合だけだ。どんな愚鈍な教師が導びいても、そういう勉強はものになる。私のところのような塾でも、来れば英語が多少はわかるようになる生徒がいるのは、それが彼にとって強制ではないからである。学校の授業はまったく聞いて来ないで、私のところではじめて教課の内容を理解する生徒たちに、私はよく説教をする。「聞いたらわかるくせになぜ学校じゃ聞かないんだ。授業中はどうせ遊べないんだから、あきらめて先生の話を聞けよ。授業中は居眠りしていて、わざわざ遊ぶ時間をさいて塾に来るなんて、ご苦労な話じゃないか」。

ところがこの論理を、生徒たちが納得したらしいためしは一度もない。それは彼らにとって、たとえどんなに充実したいい学校であっても、学校は学校、つまり強制された制度にすぎぬからである。ところが塾通いは、小なりといえども自分の立てた志である。このちがいは大きい。逆にいえば、塾通いがどうしても自分の志にならない生徒は、私がいくら手とり足とりしても効果はあがらぬということになる。

私は公教育にたずさわる先生がたの意気を、沮喪させようというのではない。問題が生徒の学ぼうとする意欲というのであれば、公教育においても、その意欲をかきたてる工夫はさまざまにあってしかるべきである。ただ私は、公教育は制度である以上、それに包摂される生徒の、ものを教えられぬ権利、知識を拒否する権利との、原理的矛盾を回避できぬことをいう。

そんな権利のことなど聞いたおぼえがないという人は、たとえばこういうありふれた子どものことを考えてみればよい。それは職人の親をもつ大柄な男の子で、格別にものおぼえが悪かった。これは語学をやろうというには致命的なことで、たまりかねて私が、おまえはそんなに勉強がきらいなら、生きてて何がたのしみなんだと問うと、川で泳いでいて、あおむけに浮かんで空を眺めるのがいちばんたのしいという。こういう子が、なぜ知識を強制されねばならないのか。英語をおぼえようとはしないでも、水に浮かんで空をみつめているとき、彼の感覚は、この世界についてなにごとか学んでいるにちがいないのである。

だから私の話は、公教育をはなれて冒頭にもどる。私塾は、教えようとする意志のあるところに成り立つのではない。教わろうとする意志があるところに形成されるのである。それは学ぶ意志のないものを、工夫を用いてとらえようとはしない。いまは学ぶ意志がなくても、一定の人生経験を積んで知に近づくことをうながされたとき、そのものと触れあうのを拒まないのである。私は、自分のなりわいである英語塾の話をしているのではない。私塾というものは本来そういうものであったろうし、今日それが成り立つ可能性があるのはそういう基盤においてであろうというのである。

ひところ、公教育解体論の上に立つ私塾の主張があった。あったというより、その余熱はまだ続いているとみるべきなのだろうが、そういう主張や実践については、その可否は別として私はただひとつのことがいいたい。公教育がだめだから私塾であるべき教育を追求するという考えは、私塾で理論化され実践される教育理念なり教育システムが、いつの日か現行の公教育に勝利して、それにとってかわることを前提としている。だがこの場合忘却されているのは、それが私塾の制度化を意味するということである。

理想的な私塾が全国を覆いつくして現行の公教育にとってかわるというのは、問題にするのもばからしい夢想にすぎないが、革命によってであれ改革によってであれ、思想的私塾の教育システムが公教育のシステムとなった場合、それは私塾がひとつの社会的制度と化したことを意味する。毛沢東主義を鼓吹する私塾は、毛沢東主義者であらねばひとりまえの社会人として通用せぬ社会が実現されたとき、制度的桎梏となる。ものを教えられぬ権利はかならず、その制度から疎外される。革命教育が行われている中国ではこのような疎外はおこらぬはずだというものは、ただ想像力の貧寒を示しているにすぎぬ。私塾が制度となるとき、学習に反抗する生徒をかならずかかえこまねばならぬのは、およそ法則といっていい。それは、異色ある私塾がその名声ゆえに公教育体系内の学校に昇格し、創立時の異色さをうしなってしまうわが国の例を見ても、ただちに知れることである。

何が問題なのか。おそらく、ものを教えこみたいという過剰な意志が問題なのだろう。これがあるかぎり、その意志に支えられた私塾は、必然的に制度へ上昇せざるをえない。なぜなら、教えこもうとしているのは真理であり、真理は普遍的勝利への力動を内臓するからである。教えこむのではない、学ぶものの能力を掘り起すのだといってみても、おなじことだ。掘り起す方法なるもの自体が、ひとつの教義ではないか。

わが国で私塾というものが本来の意味をまっとうしえたのは、徳川期においてであったように思える。その理由はおそらく、儒者や国学者、つまり学者というものが巷間にあって、学問しつつ自活せねばならなかったことにある。彼は自活するためには、自分の学んだこと考えたことを、代価をえて人にわかつほかなかった。人を訓育するのを好んだのではない。自分の学問や思想を、求められて人にわかつのに誠実だったのである。だからここには、学問や思想の孤独ないとなみに即応した人格があった。またその学問、思想、人格を慕うものがあって、塾が成り立ったのである。

その塾に、立身の手段として学問を求めるものが投じることがあったとしても、問題ではない。塾の主宰者が、みずから学ぶことと塾生を教えることを同義とする次元で身を処しているかぎり、私塾という独創の意味がうしなわれることはなかった。

このような私塾の存立の条件は、今日どこにうけつがれているだろうか。現代の思想者、あるいは知を求めるものは、自分の学び考えたことをひさぐのに塾をひらく必要はない。彼は書物をあらわし、それをひさぐことによって、巷間にあって自活するだろう。だから、かつてのもっともよき私塾のありかたは、あるひとりの著者と彼から学びつづけようとする読者とのあいだに移されている。私は、思想的読みものの生産屋さんのことをいっているのではない。知の本質的課題と苦闘しつづけている人のことをいっているのだ。その人の考えかつ学んだことを著書を通じて追跡し、それと格闘しつづける読者とその人のあいだには、かつての私塾にもっとも似た空間が現われている。

そういう思想的学問的先達と、それに吸い寄せられる後進が、たまたま機縁をえて一室に会し、定期的なもの学びを続けることがあるならば、それは現代における私塾の再現ともいえよう。だがそういう機縁がなくても、もの学びのえにしは、たがいに顔を見たこともない孤独のなかで成り立っている。いま私が私塾について一文を求められてできることは、せいぜい、こういうイメージを心に思い描くことだけである。

母校愛はなぜ育ちにくいか

戦前と戦後の教育でもっともちがう点をあげるとすれば、出身校に関する意識の変化など、そのもっともめざましいもののひとつであろう。かんたんな例でいうと、このごろの青年たちは自分が出た学校の校歌が歌えない。私のお年寄りの友人に、あいてが自分とおなじ学校の後輩だとわかると、かならず校歌を歌わせるご仁がいる。つかまるのは若い連中だが、歌えてもまずいいところ一番、なかにはまったく歌えぬやつもいる。そこで、十数番まであるその校歌をぜんぶ歌えるご老体は、きまって悲憤慷慨のだんどりとなる。

ご老体が歌わせるのは、彼が四十数年まえに卒業した旧制中学の校歌だ。彼にいわせれば、校歌が歌えぬというのは自分がその学校に学んだという自覚がないのと同様で、したがってそんなやつらは卒業生とは認められぬという。彼はこのテストをまるまる本気でやっているわけではなく、悪戯を楽しんでいるふしもあるのだが、しかし校歌を母校愛の象徴とみなし、母校愛を卒業生の必須の属性と考える彼の論理は、じつはそうとう頑固なものであるようだ。私は校歌を歌えぬ若者のことをなげきはせぬが、かといってご老体をあざ笑う気にもなれない。彼の校歌に対する思いこみ、ひいては母校に対する愛着にはなにか哀切なものがあって、ときには粛然とさせられるときがある。若者たちとこの老人とは、じつは、ある学校を出たという経験の内容がまったくちがってしまっているのだ。私は若者たちもご老体も、ともにそうあって当然という気がし、そういえば自分などの世代が両者の境い目に位置していたわけだなと思い当るのである。

私が与えられている課題は、今日の大学における母校愛の衰退現象を「学問と帰属意識」という視点から考察することである。つまり、今日の学生(とくに大学生)にとって、学園が就職のための通過駅にすぎず、したがって愛着などもちようもないただの施設になりさがってしまっている事態を、大学の大衆化、進学競争による大学の画一化、教授の無気力、特異な学風の喪失など、さまざまな視点から分析し、さらにこのような事態を改善するうえで私学の果しうる役割にまで考察を及ぼすということである。

だが私は、少々勝手をさせてもらって、こういう問題群から自分の論じやすい一角を切りとり、いわば身丈けにあった話だけをさせてもらいたいと思う。今日の大学生の学園に対する帰属意識を回復し、学問に対する自覚の場にするにはどうすればよいかなどという話題は、私の身丈けにあっていないというだけではない。この問題に関してはおよそ答はわかっていて、実行が残されているだけである。ただその実行がおそろしく困難だというにすぎない。おなじくわかりきった結論にたどりつくにせよ、私は少しは自分の身についたことを語りたい。

私はまず、愛校心に問題をしぼろう。今日の大学教育の場にある人びとが学生の「母校愛」の薄さに危機感を抱き、これをなんとかせねばと考えるとき、彼らの念頭にあるのはおそらく、野球試合の応援や校友会への結束といったレヴェルでの「母校愛」ではあるまい。学園に籍をおき必要な単位をとるだけで、学園という学問形成の場に積極的に参加しようとしない学生の無気力・無関心が、その人びとにとっては危機と感じられるのだろう。だからこれは結局、いっぽうでは学生にとって大学というものの意味が変化したという、いわゆる大学の大衆化、およびその大衆化現象をさらにいびつのものとしている進学競争の問題であり、さらにいっぽうでは、変化した学生の意識をとらえきれずにいる学問および教授側の立ち遅れの問題でもある。母校愛、すなわち学園への帰属意識は、学問の場に学生がふたたび吸引されれば、その結果として出て来ることで、この結果としての母校愛を出発点として、いわば「学問の場を失った大学」という今日の問題点に接近してゆこうというのは、問題の立てかたが逆であるように思える。母校愛は目的ではなく、結果にすぎないのだ。

しかし、そのように保留しながらあえて「母校愛」を問題の入口として選ぶのは、「母校愛はなぜ育ちにくいか」という与えられたタイトルが、私のなかにさまざまな思いを誘発するからであり、さらに、その思いにのっかってうまく問題を詰めてゆけるような気がするからだ。

私がある老人と校歌の話からはじめたのは、この母校愛の衰退という戦後的現象が、大学の問題である以前に高校の問題だと思うからである。この問題については、話を大学に限らないほうがよろしい。また私立とか公立とか、区別せずに考えたほうが事柄がよく見える。

私は旧制中学は大連一中と熊本中学、高等学校は五高、大学は法政を出た。このうち愛校心みたいなものを感じるのは大連一中だけである。法政に母校愛らしいものが薄いのは、私が正常な学生ではなかったからである。私は三十歳前後の年齢でしかも妻子を郷里においた学生であった。教養の二年間は通信教育、学部の二年のうち一年は郷里にいて試験だけ受けに上京したから、通学したのは一年にすぎない。母校愛などいわれてもむりな話で、しかし法政はなかなかいい学校だったと今でも思っている。

五高には一学期しかいなかった。もともと学制改革で廃校となる最後のクラスで、まともに行っても一年しか在籍できなかったのだが、最初の夏休みに喀血してそれきりになったのである。だから私は旧制高校のよさは知らない。よさどころか、五高に入った当座は、旧制高校生特有の幼稚なスノビズムに反吐の出る思いだった。

熊中に愛着がないのは、引揚げ者のよそものとして九ヵ月しかいなかったからだ。九ヵ月では、熊本弁さえうまく使えるようにならなかった（私の肥後弁は結核療養所じこみである）。愛着は大連一中にだけある。ここには四年間かよった。

しかしその「母校愛」は、私の場合けっして単純ではない。愛着とほぼ同量の嫌悪が私の心にはうずくまっている。大連一中の同窓会ははなはだ盛んである。毎年、総会への案内状がやって来る。だが、私は一度も出席したことがない。大連一中の同窓会が盛んなのは、それが今は存在しない学校だからである。この喪失感はなかなかに哀切で、話はちがうが旧制高校に対する卒業生のホームシックめいた感情も、それが今日存在しないという事実と切り離しては考えられまい。会報や便りなどをみてみると、大連一中同窓生諸君の今はなき母校を慕う気持は熱烈である。私のなかにも、それと同調する心がないわけではけっしてない。

にもかかわらず、私の同窓会との関係はつきあいの義理にとどまっている。なぜか。大連一中に学んだ記憶は、私にたしかに幸福感を与えると同時に苦痛をも与えるからである。私はすすんで苦痛を思い出したくはない。これは大変エリート意識の強い学校であったが、そのことの一面として飛翔しようとする精神をはぐくむようなところがあった。個性の強い生徒が多くて、彼らとクラブ活動をしたり回覧雑誌を出したりしたのが、私の在学中の幸福の源泉であった。ところがこの学校には、私に苦痛を与えてやまぬような一面があった。それはエリート意識にかかわることであるが、それについてはここには書くまい。私はべつに母校の校風について論じたいわけではなく、ただ母校に対する愛着と嫌悪の二重化された感情をいいたかっただけなのだから。

私は要するに集団になじめない人間なのかもしれない。私の離群的な性癖が、母校という集団的感情の強制にたえがたいものを感じさせるのかもしれない。あるいはただ、その頃あまりにも神経質で内攻的だった私という少年が、たまたま担任の教師や級友の大多数と、適合的な人間関係にはいれなかったというだけなのかもしれない。しかし大連一中で、幸福感とともに被害感ないしは疎外感をおぼえたことのある生徒は、私ひとりではなかったと思う。それは少数派ですらなかったと思う。そしてこれはなにも大連一中という学校のことだけではなく、あらゆる学校において、校内の空気と完全に一体化しうる生徒はかえって少数で、何らかの程度違和感を抱いている生徒のほうがふつうなのではなかろうか。

このことは、いわゆる母校愛という問題を考えるさい、見逃してはならぬ要点だと思う。在学中、学校と完全に一体化でき、卒業後も母校への集団的帰属感を生のひとつの支柱としているような人間が、教育という見地から見て、はたしてほんとうに理想的なのだろうか。青年を成長するものととらえるなら、学校はそれから離脱し自立すべきものであることにおいて、親と同様なのではあるまいか。青少年期にすごした学校が誇るにたるべきことだったということが、そしてそれだけが自分の生の支えであるような人間の一生は、はなはだ貧しいといわねばならない。母校は自分の送り出した人間の一生が、そのように貧しくあることを望んではいないはずである。

私は極端な例を引いただろうか。ただ私は、飲み屋でおなじ熊中卒業生にからまれたことがある。教員というのは酒のマナーのなっていないのが多いが、そいつはつきあいもない私に自分が口をつけたビールのジョッキを渡して、ひと口飲めという。お断りすると、おなじ熊中卒だと聞いたからすすめたのだと来た。そこで私の癇癪が起ったのだから、からんだのは現象的には私のほうということになるが、かなわないのはそれからのやりとりで、彼が熊中卒ということをとにかく誇りにしていて、彼の人生の誇りといったらその一点にかかっているらしいことだった。こういう愛校心は馬にでも喰われたほうがましではなかろうか。こんなふうに一生意識が母校と離れない人間は、自分の子どもが出来たあとまで親の乳房を恋しがる種類の人間といっこうに変らない。

人間が集団や制度と完全に一体化できるのは、理想といえば理想だろうが、現実にそういうことがありうるはずはない。一体化できぬ根拠があり、その根拠を直視してつきつめてゆくことがその人の思想的人間的な成長であるというのに、そのいとなみをとっぱらって幻想的な一致を理念化するのは、嘘偽の強制的な制度化というものである。学校において生徒がつよい違和や反撥をおぼえるというのは、逆にいえば、それが教育の場としてそれだけ堅固だということである。母校というものは愛着と嫌悪の二重の感情をひき起してこそ、真に母校だとさえいうことができよう。冒頭に紹介したわが年長の友人も、在学当時いい思いばかりしたはずはない。苦渋の記憶もきっとあるにちがいないのである。

だが今日では、母校は若者たちに愛着も抱かせぬと同時に苦渋をも呼びさましはしない、ごく淡い存在になりおうせているように見える。私たちの世代、すなわち旧制中学の出身者には出身校についての強い愛憎がある。それはどこまでが愛か憎か見わけのつかぬ複合した感情であるが、そのような複合はそれが有機的な感情にほかならぬことを明瞭に示している。

つまりそれは生ぐさい感情で、その生ぐささとまた出会うのがいやなために私などは同窓会に顔出しするのをしぶっているほどだが、そういう母校に対する感情の有機性、いってみれば生ぐささは、今日の若者たちにとってはあずかり知らぬものになりはてているようだ。

考えてみれば、私が母校とてきとうに間合いをとっておきたいのは、それと深いえにしを感じていればこそである。そのえにしは何から生じたかといえば、やはり自分が大連一中に通ったということを不本意ではない納得できる事実と感じているということがある。それは小学生だった私が憧れていた中学だったし、憧れはみたされたのだ。それはエリート意識にもとづく母校愛じゃないか、と糾問したい人があろう。一中生だった頃の私にエリート意識がなかったとはいわない。しかし私より以上の世代は、なにもナンバーワンの県立中学に進んだものばかりでなく、商業学校へ行ったものも工業学校へ進んだものも、それぞれに自分の出身校に誇りと満足感をもっているのがふつうのようである。

なぜかというと、その頃は人生の価値が多様だったからだ。私立中学にも個性があり、親がそこの卒業生だから息子もそこへという例が多かった。学校を生徒の出来る順に並べるのは不可能ではなかったが、その序列は大した意味をもっていなかった。技能的職業につこうというものが工業学校や商業学校に進むのは当然のことだったし、劣等感をもついわれがなかった。普通中学にはランクがあり、どれに進むかは成績が左右したけれど、そういう成績のちがいはそれほど劣等感の原因にはならなかった。だいいち小学校以上の学校へ進むというのが恵まれたことで、入ったのが二流校だとてひがまねばならぬ理由はなかったのである。

つまりこういうおっとりした状況が、自分の進んだ学校への満足感、いいかえれば納得できる思いを育て、そのことがさらに素直な母校愛につながったのである。だから戦前世代の母校愛は、それぞれ自分の分に安んずるという意識を素地として成り立ったものだといえる。それは、おれの家は大工だからおれも大工になるのだと信じて疑わぬ意識、あれはお坊ちゃん学校でおまえの行くところではないと親からいわれて納得する意識、人間には授った才能のちがいがあって、頭がそれほどよくないおれにはこの学校がふさわしいとする満足感、つまりは広い意味での身分差というものを承認し、そのなかで安らごうとする意識であった。戦前世代の母校愛はエリート意識だけではなく、じつはこのような身分社会の構造の上に安定的に乗っかっていたのである。

戦後世代に母校愛が薄いのは、理由はさまざまあろうけれども、根本的にはこういう安定的な身分社会の構造がまったく失われたからである。「上を見て暮すな、下を見て暮せ」という庶民の金言は、戦後「下を見て暮すな、上を見て暮せ」という生きかたにとってかわられた。戦前には抑圧され変形されていた庶民の平等意識は、戦後、抑圧をとりはらわれて激しく炸裂した。この戦後における平等原理の進展については、とくにその物質的幸福の追求における平等原理のめざましい進展については、とくにここで筆を費す必要はあるまい。

進学においてもこの平等原理は追求されたし、その追求を可能にする富の均等化がある程度実現した。しかし、高校・大学において選抜入試が行われる以上、入試競争の優勝者と劣敗者が生み出されるのは当然である。人間は平等である。ところが平等ではあるはずなのに、いや平等であるからこそ、潜在意志的には全員が最高の学力の学校をめざし熾烈な競争を行ない、その結果敗北者を生みだす。この場合ランクの落ちる高校に配分される生徒の劣等感は深刻である。戦前においては、自分の納得ないしあきらめから競争をおりて、自分なりのコースにささやかな誇りと満足を見出すという回路があった。ところが戦後では、人間は平等で、となりの坊やが東大に行けるのにうちの坊やがはじめから競争をおりるのは平等の否定なのだから、原理的に熾烈な競争に参加し、あいてにうちかたねばならない。だからこの競争における敗北は、決定的な劣等感を生み落す。人間は平等とされるがゆえに、ある種の能力における競争を通じて、逆に徹底的にランクづけられ差別されるのである。

私は競争の性質が妥当だとはいっていない。身分制度による競争の回避をいいことだといってもいない。私は、となりの坊やが東大なら家の坊やも当然東大だという戦後的平等原理が生み出した結果を、ただ事実として叙述している。この歪んだ平等、いうなれば操作された平準化の意識によって、自分が望む学校へ進みえているのは一部のエリート校生徒だけで、九割以上の生徒は、自分がほんとうは望まぬ学校を競争に敗れた結果がまんしているという事実が生み出される。この意識は、彼らの人間についての真実を何ら反映してはいない。その意味で、誤った強迫観念《オブセッション》にすぎない。このオブセッションのあるところで、現在自分のかよっている学校への愛着、すなわち母校愛が育つわけがあるまい。

今日の高校卒業生に戦前の世代のような母校愛が見られないとすれば、それは自分たちが競争の敗北者で、望まない学校に籍を置いているという意識から来ている。極言すれば今日では母校愛は、エリート校出身者がその出身をハナにかけるというかたちでしか存在していないのである。高校で学校をたんに忍耐すべき通過駅とみなす習慣を身につけて来たものが、大学にはいってにわかに学園のいとなみに積極的に参加し出すはずはなかろう。だから、学生が母校として親密な感情を抱けるような大学の形成ということを考えれば、問題はたんに母校愛うんぬんというせまい領域にとどまらず、戦後社会の構造というおそろしく広大で根本的な領域までひろがってしまうことになる。しかもことの原因は、私がいま述べて来たものにとどまらず広く複合しているから、その解決たるや、たとえば歪んだ進学競争の是正のためには、たんに入試制度の改革だけではなく小・中・高校における教育内容の改革、学制の再検討、さらにつっこめばいわゆる日本株式会社的な社会構造とエートスの変革が必要といったふうに、数珠つながりに問題がひき出されてくる。そしてこの点についてはいわゆる識者の議論はほぼ出つくしており、先にもいったように、残っているのは有効な実行だけで、ただその実行に関する合意がおそろしく困難なのである。

この場合、そういうぼう大な問題群のことはおくとして、最後に私に課されているもうひとつの問に答えておこう。つまりこういう状況に対して、私立大学の独自な学風が問題解決のひとつの糸口にはならないかというのである。これは誘惑的な問であるが、私の考えは悲観的でもあれば待望的でもある。

私学の独自な学風といったって、そんなものはとっくの昔に消え去っているのだから、話はそれの再建ということになるが、今日の社会構造や教育制度のもとでそんなことが可能なものか、再建される学風とはどんな中味なのか。いってみれば疑問の種は尽きぬということになるけれど、今日の画一化され制度化されつくした大学群のなかに、学生をその個性と独自な内容でひきつける一鶴が屹立しているというのは、なかなか心楽しむ図ではある。

私もそういう私学の夢を思い描いて楽しんだ時期はあった。だがそういう夢想に類することを開陳するよりも、私はこの場合ただひとつのことをいっておきたい。

それは、いかなる学風の私学を再建するにせよ、今日の若者たちを学問の場に呼びもどすのはなみたいていのことではないという一点である。彼らは知識の断片をつめこまれてはいても、想像力は死んでいる。もっと正確にいえば、ほかの方角には生き生きと働きはしても、彼らの想像力は学問という場でだけは働かないようにしつけられている。学問とは想像力の別名だというふうには、彼らは教えられて来なかったのである。それは実証とか精密という看板のもとに量産される若手学者の論文の、あのひからびた退屈さと官僚性をみれば明らかなことであるが、もっと直接的な例として、私は中学生の歴史意識について日ごろ感じて来たことをあげたい。

彼らにとって歴史が死んだ知識であり、想像力と何の関連ももたない化石的断片であるのは、たとえばコロンブスのアメリカ発見のことを聞いてみれば明瞭である。コロンブスがついたのが西インド諸島だというのを知らぬのは、たんなる彼らの無知なのではない。そもそも彼が何をめざして海に乗りだしたのか、というふうに彼らは考えぬのである。だからアメリカ原住民がなぜインディアンと呼ばれるのかという疑いは起らない。なぜカリブ海の島が西インドなのかという疑問は兆さない。第一、彼らは歴史を地理に関連させて思いえがく習慣をもたない。これはおどろくべきことで、歴史の授業で一度も想像力を刺激されたことのない証拠である。彼らにとって歴史とは、たんにそこに断片として存在する科学的真理である。これが歴史を人間のドラマとして把握することに根深い禁忌をもち続けてきた戦後歴史学の、輝ける成果であることはいうまでもない。

つまり私の考えでは、学生をひきつける魅力的な学風をもった私学を再建するということは、今日の学問の世界で制度化されている学風、いいかえれば学問という物神と闘うといういとなみを必須のものとして含んでいる。しかもそのようにして作りだされる学風は、現在の教育で育てられた青年たちにとって、必らずしもとっつきやすいものとは限らない。大学人はこの二重の困難をよく自らに課しうるだろうか。私の答が悲観に傾くとしても、それは私の咎ではあるまい。

ある大学教師の奮闘──武田修志『大学教育の現場から』について

この本は二部から成っている。第一部が大学の一般教養及び語学教育についての実践報告と提案である「大学教育の現場から」であり、第二部「旅の記憶」のほうは一九八六年と一九九七年の二度にわたるドイツ滞在の記録である。著者は一九四九年に生まれ、熊本大学ドイツ文学科、九州大学大学院を経て鳥取大学のドイツ語教師となり、すでに三十年近くその職に留まっている方で、文筆家としては『人生の価値を考える』（講談社現代新書）、『人生を変える読書』（PHP新書）の二冊の著書があり、これはこの方の三冊目の著書になる。

まず第一部からいうと、これは学習の意欲のない大学生あいてに、教養部解体後の一般教養教育をなんとか成り立たせようとする悪戦苦闘の記録であり、同時に数々の矛盾を抱える大学教育の改善をめざす真摯な提言である。一読して私はさまざまな思いを誘発された。書評というのではなく、その思いについて書きたい。

私は後半生、不本意ながら一種の教師商売で飯を食った。一九六八年から八九年まで自宅で中・高校生相手の英語塾を開いていたし、八一年から予備校で教えるようになり、今も週一回ではあるが授業をもっている。その間、教師としての自分にうぬぼれを抱いたことが絶対ないとはいわないが、今では自分に教師の資質が全く欠けている事実を疑っていない。第一人にものを教えるのが大きらいな人間で自分があることに、今や確信を持っている。私はひどいめんどくさがりやで、そんな人間に教師がつとまるはずはない。

そういう失格者である私がいうのはおかしいし身勝手でもあるが、教育と真剣にとりくんでいる教師に私は人一倍拍手とエールを送りたい。失格者であるからこそ、その思いが強いのか。とくに著者のように、教育の現場でさまざまに悩み試行している大学教師に喝采を送りたい。大学の教師というのは、著者もいうように研究の美名にかくれて、日頃の授業をおろそかにする者が圧倒的に多数だ。私も大学教師だったら、きっとそういう一人になったに違いない。大学教師はなるほど研究者であるかも知れぬが、その前に教育者なのである。研究をするのもその成果を教育に施すがゆえに給料がいただけているのだ。教育がきらいな大学教師は給料泥棒だ。自分自身がそういう給料泥棒になったであろうことを自認しつつ、私はそういいたい。

給料泥棒も確信犯ならば悪いことではない。この世で何かを求めようとする者はみな二重生活を強いられる。自分の真の志のいとなみには誰も金を払ってはくれぬからである。真にやらねばならぬことをやるために、仮面をつけてお給料をいただくとすればそれは社会からすると泥棒である。しかしそれはやむにやまれぬ泥棒である。そういう仕方のない泥棒であろうとするなら、一方仮面をつけた生活の方でも人並み以上に努めねばならない。でも段々その努力がしんどくなってくる。しんどいだけでなく、不可能になってくる。研究者である以前によき教育者であろうとする著者もいまやそういう段階に達しているようだ。

話が先走りしたからもとに戻すと、著者が教育者であることに使命感と自負をもつようになった事情はふたつあると思う。著者もある時期まではドイツ文学研究者として業績を積んで行こうとする気持ちがあった。そういう意欲が萎えたのは、大学人たちが〝研究〟と称して紀要などに発表する論文のばからしさだったようだ。著者はいう。「日本の大学教師が日々執筆し、そして昇任のための業績と見なされる論文の十篇のうち九篇が、実は学問的にはほとんど無価値なものなのである。その分野の学問の進展・動向に何の影響も与えないといったただけでなく、そもそも同僚の二、三人、知人の二、三人以外にそれを読むものがいないのである」。この本にはこういうドキッとするようなことが平気で述べられていて、それだけでも読むねうちがある。

それならもっとましな研究を志せばいいじゃないかということになりかねないが、この点では日本人の外国文学研究について、著者にはある種の断念があるのかも知れない。中学の二、三年の頃、著者は英語の授業を受けるたびに「この世には、選りにも選って外国語の教師になるような、妙な人間もいるのだなあ」と思ったという。それは外国語とは身につかぬものという思いこみがあったからだと著者はいい、「それがどう間違ったのか、自分自身が外国語を専攻し、外国語教師になってしまったのですから、人生とは妙なものです」と述懐しているけれど、少年の頃の思いは結局、この人が外国文学研究などよりもっとほかのことに深くひかれる志向の持ち主だったことを語っているように思える。この点にはまたあとで触れよう。

もうひとつの事情は、著者が大学に職を得た頃、すでに大学における教育は危機的状況にあったということである。学生に対する教育ということにとくに意識的自覚的、かつ反省的であらねばならぬような状況が現れていた。ちなみに昔の大学や旧制高校では、教育に特別な工夫や努力など必要ではなかった。授業が退屈であったとしても、学生は授業を聞くために高校や大学にやってきたのではなかった。彼らは知的刺激をわかちあう友人を求め、さらに読書やその他の知的活動にふけるために高校・大学にやって来た。

戦前の東大での話だが、あるとき教授が最前列に坐っている学生に、君は毎週欠かさず私の講義に出席しているが、勉強はしているのかねと問うたという笑い話がある。つまり勉強は図書館その他ですべきものだったのだ。

詩人の中村稔さんは昭和十九年に旧制一高へ進んだが、いわゆる代返は「一高ではごく日常的で……十名ほどしか出席していないのに四十名以上の出席の返事があることも稀ではなかった」という（中村稔『私の昭和史』青土社）。中村さん自身ほとんど授業に出なかったというし、そういえば昭和二十三年に旧制五高へ入った私も第一学期から半分も授業に出なかった。そういうことができるのが高校生になったということだと自分では思っていた。もっとも私の場合は共産党員としての活動が忙しかったからであるが、夏休みに喀血し、あとは自宅で床にふせることになったけれど、見舞いに来た川本雄三君（現熊本県立劇場館長）が「赤点はなかったぞ。さすがだね」と学期末試験の結果を教えてくれた。「さすが」というのは、私が授業にほとんど出ていないのを彼はちゃんと承知していたのである。赤点とは六十点以下の落第点をいう。

思い出話を続けると、私は同期生より八年おくれて、法政大学という名ばかり有名で内実はデキンボーイの集まった大学へ進んだが（当時はの話である。そしてデキンボーイたちがきらいではなかった）、通学したのはわずか一年で卒業してしまった。最初の二年間は通信教育、学部に転部して一年間は上京して通学（熊本に妻と長女を置いていた）、結核が再発して一年休学、次の年も半病人でずっと在熊し、講義は全くきかずに卒業試験だけ上京して受けて無事卒業した。

昭和三十年代のことだけれども、当時の法政の学生は適当に授業に出、むろんおもしろかったり内容充実していたら人気はあったが、退屈な授業だとしてもとくに文句を言ったり注文をつけたりする気分はなかったようだ。学生がそういう心構えだから、先生たちは楽なものであった。私の指導教官は社会学の北川隆吉先生で、歳はわずかひとつ違いなのに親分肌の方なので、他の先生方には私の歳に気をつかって「渡辺さん」と言う人がいて、なんだか居心地が悪いのに、この人は堂々と「渡辺君」、おかげで私はずいぶん気が楽だった。北川先生は当時ジャーナリズムからひっぱり凧の新進気鋭の論客だったからよほどお忙しかったのだろう。三十分すぎないと教室に現れず、講義はブリリアントではあったが漫談ふう。今の学生なら文句を言いそうだが、私は一向不服を覚えなかった。

また、さる老齢の教授がおられて、この方は戦前からのマルクス主義文献の翻訳者として私は名を知っていた。ほとんど講義らしい講義はなくて、ある日など教卓の前に坐って黙って目をつぶっておられること十分、あるいは二十分、おもむろに「今日は調子が悪いので失礼します」といって教室を出てゆかれた。このときも私は不服を覚えず、むしろかつて立派な仕事をなさった老学者の姿にいたましいものを感じていた。法政大学というのはえらい大学であると今にして思う。こういう老学者をけっして抛り出さなかったのだ。それでは学生がたまらないと今の姿婆はいう。しかし当時の学生は誰もそんなふうには考えなかった。この方は私の卒業論文の審査員だったが、北川先生から意見を求められたとき、温和な微笑をたたえて「私はこんな立派な論文を批評する資格はありません」とおっしゃった。当然私の虚栄心はくすぐられたが、今はこの方の奥床しさに自分を恥じる思いだ。無能教授の排除は今日、大学への喫緊の要請となっている。しかし無能とはこういう老先生のことをいうのではあるまい。

宇野弘蔵先生の「経済原論」は、先生がノートを一節一節読みあげ学生はそれを筆記するという、まったくの戦前ふうであった。これはまさに世に宇野理論と称される先生の研究の成果がそのまま講義となったもので、研究と教育は先生の場合みごとな古典的一致をみせていた。これがあるレベル以上の大学でなら何の問題もなかったろうが、いかんせん、先生の講義は当時の法政の学生の大部分には猫に小判だった。後列で学生が少々騒いでいても、先生は徹底的に無視されていたが、騒ぎついでに学生が紙つぶてを黒板に投げつけたときはさすがに怒られた。しかしそれもたった一度だけのことだった。そのほかは講義は支障なく続けられていたのである。

私がいいたいのは、それにしても昔の大学教師は暢気なものだったということだ。授業が退屈なら、学生は欠席するか辛抱するか、どちらかを選択するだけの話だった。学生には教師への敬意という惰性があり（それが失われたのはかの大学紛争のときだ）、また教師が体現する知的世界への憧れもあった。研究と教育の矛盾が露呈することはなかったし、教育にとくに工夫したり努力したりする必要もなかった。著者が大学の教壇に登ったのは、それとは全く異なる環境においてだったのである。

かつての学生が授業に多くを求めず、かえってそれをサボタージュすることにてらいじみた誇りを持っていたのは、旧制高校以上の教育（それが新制大学の教育に相当する）は自己教育を本質とすると自ら承知していたからだ。学校はその自己教育を保証してくれる安全装置、ないし社会に対するシェルターだったのである。自己教育こそかつての旧制高校生、大学生のプライドであった（もっともこれは文系に限られる話かもしれぬが）。断っておくが、私は昔の高等教育を賛美するものではない。五高に入学して、私が嫌悪し反発したのは高校生の鼻持ちならぬエリート気質だった。これはひとつには当時の私が革命のためには口舌ではなく実務をとれ、実務そして実務というレーニン主義者だったからだが、とにかく旧制の学生気質について私はけっして肯定的ではない。だが、自己教育という気負いないし自尊こそ、もしそういうものがあったとして、旧制高校・大学の輝かしい核であったと思う。

しかし著者が教師として出逢った学生は大学は手とり足とりして自分に教育を与えてくれるところだと思いこみ、その「教育」のやり方が気に入らなければ、騒ぎ立てる若者たちであった。気に入らねば出席しなければいいものを、大学を高校の延長と間違えているから、出席だけはして堂々と眠ったり、おしゃべりに興じたりすることになる。そもそも自分から何かを学ぶという動機を根本的に欠いている学生たちなのである。それでも著者は授業がおもしろくないという学生の言い分に同情した。学生時代自分もしばしばそう感じたからである。学生を何とか授業にひきとめたい、彼らに学習意欲を持たせたいと望む著者が考えついたのは、ドイツ語の演習のほかに教養ゼミナールを開設して、読書指導を通じて学生の意欲をひき出すことだった。この試みはむろん相当な労力を必要としたがおおむね成功した。八〇年代を通じてこの教養ゼミの成功が教師たる著者の心の支えになってくれた。

このゼミナールは九〇年代に入ってうまく機能しなくなる。テキストを読んでこない学生がふえ、しかも読みのレベルがこれでは討論にならないというところまで下がってきたのである。これに対して著者はゼミナールのテーマをドイツ文学という枠の外に拡張することで、学生の関心をかき立てようとした。「極限状況における人間」というテーマで開講した五年間はゼミも活気をとりもどし、「二十数年のゼミ担当期間中、……もっともレベルの高い、魅力的な内容」をもつようになった。しかし著者の戦いはこれが終わりではなかった。本業であるドイツ語の授業において、「言葉に対するセンスが破壊されている」学生が現れ始めたのである。

著者の苦心は続く。またその苦心に伴って、教える側の現状についての著者の憂いと疑問は深まる。自分がしているのははなから敗けとわかっている戦いなのではないかという疑いが離れない。しかし著者は学生を見捨てない。「学生たちの幼稚さ、無感動ぶりにはほとほと愛想がつきた」と言って横浜国立大学のフランス語教官を退職したO氏に、著者は共感しつつも鋭い批判を向ける。「O氏は教師としての覚悟あるいは素質を、そもそも持ち合わせていなかった人なのではあるまいか」。横浜国立大の学生に愛想尽かしをするというのは、現代日本で平均以上の知的能力をもつ青年のほとんどすべてを見捨てたことを意味する。そうなれば「いったい誰が彼らを本気で相手にするのであろうか」。かくして著者の悪戦は続くことになるが、仮にも教師で飯を食っている私には耳に痛い言葉だ。私は著者のような職業倫理を自覚したおぼえがないし、学生に対する愛情という点でもこの人にはるかに及ばない。

だがこの人が大学人とは何よりもまず教師でならねばならぬという使命感をもち、私などが回避して来た学生とのギャップを埋める工夫と努力を無限に続けるのは、何よりもこの人が死ぬまで己れを教育しつづける真の意味での教養人という、今は絶滅しかかった人種のひとりであるからではなかろうか。真の意味でのと断るのは知識をモノとして所有するレベルの教養人とちがって、この人の場合教養とはいかに生きいかに死ぬかという不断の問いに答えようとする痛切ないとなみにほかならないからだ。彼は書いている。「私は見方によっては、人間にとって『教育』の方が『研究』よりはるかに根本的な事柄ではないかと思う。それは『教育』が人間の『生きる』ことに関わるのに対して、『研究』は人間の『知る』ことに関わる行為だとみなしているからである。そして人間にとって究極の課題は、言うまでもなく『知る』ことよりむしろ『生きる』ことである」。著者がドイツ文学研究よりも、大学生に対する教養教育に生き甲斐を見出したのは、してみれば当然の帰結だった。

「人間は社会のなかで何らかの『役割』を果たさなければならない『機能的存在』であると同時に、独自の『魂』の欲求を持ち、それを満たそうと努めている『霊的存在』である」と著者はいう。だから「教える者である自己と学ぶ者である学生の、一個の人間としての、心の深処にある欲求を探り、これを学問を通して満たし、癒していく」のが、教育の基本姿勢ということになる。大学教育の問題点とそれへの対応策という点で、数々の具体的な分析と提言に富むこの本の中でも、これはもっとも深く読む者の心をゆさぶる数行だろう。

著者は高校生の頃から小林秀雄に親しみ、大学生のときに遭遇した大学紛争においても、全共闘派の学生に終始批判的であったと聞いている。この本の中には、近頃の学生を痛罵するついでに、おれは若い頃大学闘争をやったと胸を張る教師への苦言も含まれている。阿蘇の南小国で少年時代を過ごした著者は、あえていえば不器用で無骨な生き方を心がけてきた人なのであろう。そういう不器用さは第二部のドイツ留学記にも表れていて、あるときはユーモアとなりあるところでは真率な好ましさになっている。大学の一般教育においては、教える者と学ぶ者が「われに返る」ことが必要で、その具体的実践として教室で「でき得る限り自分の身に付いた言葉を使う」ことを提言したいというのは、まさに著者の面目躍如というべく、さらにそれにとどまらずわれわれ読者の内省を促す言葉となっている。

なおこの本は私の最も古くからの友人であり、『道標』の製作の陰の力となってくれている川原直治君が作った。ＮＫというのは同君の頭文字である。読みたいという方があれば、人間研でお取り次ぎするのでお申し出いただきたい（ＮＫ文庫・二〇〇四年・四六判三〇三頁、一六〇〇円＋税）。

佐藤先生という人

佐藤先生というと他人行儀な感じもするんですけれど、私は先生に面と向って〝禿ちゃん〟と申上げたことはございません。真宗寺の若い人たちはみな、面と向かって〝禿ちゃん〟と呼びかけておられましたが、私は蔭でそう呼ぶことはあっても、面と向ってはやはり〝先生〟と申上げておりました。それでこういう題をかかげたわけであります。

先生については、いつかはお話をしたいと思っておりました。しかしこれはなかなかむずかしいことでございまして、先生のことをお話しするというのは自分自身を問われることのように思えて、これまでなかなかお話しができなかったのです。では、今夜はお話しする機が熟したかというと、けっしてそんなことはないのですが、先生のことは亡くなられてからずうっと考えておりましたし、忘れてしまわないうちにお話ししておきたいという気にやっとなりました。人間は悲しい存在でありまして、どんなに親しく交わっていた人、どんなに深い教えをいただいた人でも、月日が経てばだんだんと忘れていくもののようです。もう先生が亡くなられて二年以上たつわけでありますから、こまごましたことを忘れないうちにお話ししておくのも私の責任であろうかと思います。

私が先生にお会いしたのは、昭和五十二年が初めてでございました。お嬢さんの憲子さんと美知子さんは石牟礼道子さんのご縁でその二年前から存じあげていたのですが、五十二年は真宗寺仏青の三十周年に当るとのことで、当時石牟礼さんが薬園町に構えておられた仕事場に、ご夫婦で講演を依頼しにみえたのです。私もたまたまその場に居りましたので、その時が先生との初対面でありました。そしてその年の十月、研修会の講師として石牟礼さんがはじめて真宗寺をおとなわれ、私もお伴して山門をくぐったわけです。

翌五十三年の六月に、真宗寺の方々のお世話で、石牟礼さんがお寺の下のいまの仕事場に引越して来られてからは、お寺とはだんだん親しくなりはしましたが、それでも先生とはあまりお話しする機会はなかった。五十五年に先生は非常な大病で入院されましたが、回復されたその夏であったか、お寺の方々と菊池水源へ出かけたことがあって、その折たまたま先生と二人ならんで歩かねばならぬ羽目になり、何を話したらいいかとても気をつかった記憶があります。しかしその年の十月からお寺で月二回、若い人々相手に近代史の講義をすることになり、先生も聴講なさるようになって、そのあとは酒宴ということで、私が冗談をいうと先生がよろこんで大笑いをなさるというふうで、だんだん親しみをましていったかと思います。

昭和五十九年には御遠忌という、先生ご自身が生涯のある意味での決算として、全身をうちこまれた非常な大事業がございましたが、その一年前あたりから準備を重ねるなかで、先生とはだんだん親しくおつきあいするようになりました。御遠忌のあとでは「花の会」というものも出来て、そういう関係で五十九年から先生が亡くなられる六十三年までの五年間が、非常に親しくおつきあいさせていただいた期間であったと思います。

先生は夜九時になりますと、食堂に出て来て若い者を集めて酒を飲み始められます。それで私が石牟礼さんの仕事場に手伝いに来ている時は呼び出しがかかるわけです。そこで週のうち少なくとも四日は先生の酒の相手をすることになる。私が飲み会に顔を出すと、お寺の青年たちがほっとして喜んでおりました。なぜかというと、これはまたあとで触れますが、晩年の先生は非常にご機嫌が悪かった。ところが私が顔出すとご機嫌がよくなるんですね。そしてまた私がなかなか上手なんです。先生のご機嫌が悪くなりかけたら、巧みによくなるように誘導してゆく。もちろん、それでもダメなときはありましたけれど。

ただし私はおべんちゃらを言っていたわけではなく、相当切りこむこともしました。これ以上言えばいかな私でもあぶないというすれすれのところまで言わせてもらっておりました。仏青会長をしている石嶋君は当時、ハラハラしてそれを見ていたというのですが、私自身ぎりぎりのところで綱渡りしている気分はありました。それでも私は先生という人が大好きでありましたし、自分には何の利欲も野心もなくただ自分の誠意でぶっつかってゆく覚悟がありましたので、先生はそれがわかっていてくださったのかと思います。

私は先生から一度も意見がましいことを言われたことがないのです。いやな顔をされたこともありません。先生は私より十一歳年長でありますし、私はといえばこんなふうに信心もなければ人間もできていない男でありますから、先生から見ればいろいろとご批評があったかと思うんです。だけど私に対しては、「おまえはここがいけない」といったふうな、年長者らしいもの言いは一度もなさったことがありません。なぜか気に入っていただいて、ほんとうによくしてくださったのです。私は他人からこんなによくしてもらったのは、生れてこのかた初めてだったという気がいたします。そのことを思うと、いまでも涙が浮んでまいります。

そういうおつきあいの中で、この人はえらい人だなあという感じが私のうちに育っていったわけで、今夜の私の話は先生のどこがいったいえらかったのかということを明らかにするのが眼目です。先生も晩年は新聞やテレビにお名前が出るようになって、だいぶ評判が上りました。このあいだ先生がよく利用されていたタクシーにのりましたら、私が寺からの帰りと知って運転手が「あそこの住職さんは何度かお乗せしましたが、実に立派な方でした」と言うわけです。そんなふうに世間的には評判が上られましたが、そういう評判に対しては私はちょっとところそばゆくなるところがある。というのは、先生はけっして世間でいう人格者ではありませんでした。人間は歳をとると誰でも多少人間ができてきて、いわゆる人格者ふうになるものですけれど、先生はそういうふうにはまったくならない人、というよりそうなることを拒否していた人でありまして、私がおつきあいしたのは先生の六十代でありますが、年甲斐もなく木刀をもってけん太君を追いまわしてみたり、強烈な我儘ぶりを発揮されたり、とても人格者と呼べるような方ではなかったのです。世間の常識にこだわらぬ上に、非常に感情が激しく、子どもっぽいところも多分にあって、なかなか大変な人であったというのがほんとうのところです。

先生は熊本の教団関係でも、ある時期まではいろいろ役職をつとめられて一目置かれる存在であったと思いますが、教団内部では相当な変り者、手のつけられぬじゃじゃ馬のように見なされておられたようです。先生から撲られた坊さんは相当数いるらしく、あとでねじこまれたという話も咲代夫人からいくつかうかがっております。なにしろ自分をかくすとか、世間体を考えてとりつくろうということが一切ない人でありますから、逸話がずいぶん残っている。

これは椋田君から聞いた話でありますが、ある時教務所の会議に出られた。当時マイク設備をもっているのは真宗寺だけであったので、椋田君がそれを持ってお伴するわけです。ところが、マイクを握って発言している坊主のいうことが気にくわない。それで先生は席を立って「俺は帰る。椋田、マイクをとって来い」と言ってどんどん帰って行かれる。椋田君はマイクを握っている坊さんのところへ行って「すみません」とマイクを取りあげるわけですね。しゃべっている坊さんはあっけにとられてしまうのです。

実は私が真宗寺に出入りするようになって間もない頃、私の知人、この方はお西の僧侶なのですが、その方から「あそこの住職は理屈も何もない、メチャクチャで気違いみたいな人ですよ」と真顔で忠告されたことがあるのです。つまり先生は地元の仏教界では、狂人扱いされ、敬して遠ざけられるような存在であられたという一面があると思うのです。

晩年、先生の評判がだいぶ上昇したきっかけは、ひとつはお嬢さんの美知子さんが専修学院の先生である小野良世さんと結婚され、その縁で真宗大谷派の中の良心派というかあるいは改革派というか、そういう先生方やお寺と全国的なつながりが生れて、真宗寺のユニークな仏青活動が高く評価され、真宗寺に佐藤秀人ありということになった。昭和五十年代は、真宗寺の名が教団内に喧伝され、指導者としての先生の声価も高まった時期といってよろしいでしょう。教団内で高名なお坊さんや先生も研修会の講師としてどんどんいらっしゃるようになったわけですが、しかしそういう先生方にしても、佐藤秀人というのはこれだけ若い者を育てる実践活動をしていて大したものだという評価はなさっていたでしょうが、真宗大谷派を代表する教学者ではない、やはり真宗寺という小さな城の主だというふうに思っていらっしゃったのではないでしょうか。つまり、佐藤秀人というのはえらい男ではあるが、そのえらさは少々スケールの小さい、いわば地方的な規模しかないえらさのように考えていらっしゃったのではないか。私が感じとっている佐藤先生のえらさというのは、この方々にはわかっていないのじゃないかなあと、そんなふうにいつも感じておりました。これは佐藤先生自身が、自分は学者じゃないし理論家でもない、だから教学も説かないし説教もしないという、謙虚な姿勢をとっておられたことも多少関係しているかと思います。

私はこのお寺で教団の先生方のお話もだいぶ聞きました。その中にはお東の改革派の総元締みたいなえらい先生もおられたわけでございます。しかし私はけっしてそういう方々に心からうなづくことはありませんでした。やっぱり宗教家だなあという感じでその方々を見ておりました。そしてあえていうなら「やはりうちの大将のほうが上ばい」という気持ちを抱きました。それはあながち「吾が仏尊し」という身びいきではありませんで、まあ教団の先生方は宗教家の位としては佐藤先生よりずっと上でしょうけれども、さんざんいろんなことをやって来た外道の私にしてみますれば、その先生方のお話にはあまり感心もしないし頭も下らない。姿、たたずまいに関しても同様である。人に対する接し方にしてもそうである。佐藤先生のほうにずっと頭が下るし、教えられることが多い、従って先生の方がえらい――これが私の正直な実感であったのです。

さて、その先生のえらさでありますが、これはなかなか説明がむずかしい。先生は昭和二十三年以来、このお寺を庫裡に至るまで青年たちに開放して、何百人という仏青を育てて来られた。全国的にみてユニークな活動であることはいうまでもありません。また近年では、非行であるとか情緒不安定であるとか、学校からも家庭からももてあまされるような少年少女を預かって共同生活をさせるという形の活動が真宗寺の特色のようになって、いわゆる「青年駈けこみ寺」ということで新聞やテレビにとりあげられ、その面で真宗寺は有名になってしまったわけでして、むろんこのようなこともなかなか大した実践であるのは申すまでもありません。しかし佐藤先生のえらさはそういう点にあったのだろうか。もちろん、家族までまきこんで青年たちとそういうふうに生活を共にするという実践は、いわゆる菩薩行の最たるものでありましょうし、なかなか常人のなしうるところではありますまい。それだけで〝えらい〟と無条件に讃えてよろしいことだと思います。しかし私は、先生のえらさをそんなふうに理解してしまうと、大変心残りであるという気がしてならないのです。

先生はご存知のように、規則正しい生活というものを非常に重視されていました。今の日本がおかしいのはすべて家庭生活の乱れに起因するというのが口癖でした。しかし、だからといって、先生の事業を、青年たちにきちんとした生活習慣と礼節ある生活態度と明朗な心を植えつけてゆく教育といったふうに理解すれば、先生はたんに、この世の秩序に適合した模範青年をつくり出すいくらか保守的な社会事業家、福祉事業家ということになって、先生の真骨頂はまったく見失われてしまうでありましょう。真宗寺である時期生活した若い坊さんから、「真宗寺にやって来る若者はみな管理社会からの脱落者なのに、それをまた真宗寺で管理しようとするのはおかしい」という批判を聞かされたことがありますが、非行青年や家庭内暴力少年を更生させて、世の中へ出ても立派にやって行けるように育てるというのが先生の事業であったとするならば、そのような批判もまったくの的はずれではないということになります。

先生が非常に魅力に富んだ人格であられたことは、あれだけたくさんの仏青ＯＢがいまなお先生を敬慕し続けていることだけでもあきらかです。先生はなによりも愛情の深い人であった。非常に大きな愛の力をもったお方であった。そのことは、自分にはあれほどの他人への愛情はないなあという自省の念とともに、先生を知る万人が認めるところであろうと思います。たとえばＳ子という愛知から来た少女がいっとき寺に居りました。たいへん気っぷがよくひたむきな子で先生のお気入りでありましたが、その子が突然愛知へ帰るという事件がありました。愛知にいる自分の男に新しい恋人ができて、その女と対決しに帰ったとのことでありまして、先生はそのことをあとでお知りになって、いっしょに寺に住んでいる仏青諸君を大変お叱りになりました。「なぜお前らはＳ子をとめなかったのか。あの子は覚悟があって帰ったので、もう寺には帰って来ないぞ。あれはそういう子だ。それがお前たちにはわからんのか。お前たちには人に対する愛情も思いやりもないのか」と、大変なお怒りでありました。

それはひとつは先生ご自身が、つねに深い思慮と覚悟をもって進退される古き日本人であられたので、ご自分の思いをS子に投影なさったのであって、実はS子はそのあとまた寺へ帰って来たのですけれども、私はそのとき、やっぱりこの人は違うなあ、人間への思いが深いなあと感じました。先生のこういう面に感動したことのある人は多いと思います。

それから、小さいときから親と駅で寝泊りして暮して来た少し成長のおくれた青年が居りまして、ずっと盗みを働いて来てこの寺に預けられておりました。とうとう盗癖が直らずに結局はあとで刑務所に入ることになりましたけれど、先生はこの子をとても可愛がられて一時はかなりよくなっていたのです。ところが当時、刑務所帰りの三十ばかりの男が寺で暮しておりまして、この男がその子を夜よく遊びに連れ出すのです。先生はそれを知られたとき、その男を撲られました。その撲り方は、けじめをつけるために撲るというのではなくて、ただ純粋な怒りというべき撲り方でした。そのときも、私はああこの人は違うなと、感動を覚えたことを記憶しております。そういう愛の人としての一面は、たしかに先生のえらさを形づくるものであります。

また先生は一面、大変むぞらしい人でありました。むぞらしいというのは、かわいらしいという意味の肥後弁であります。これは御遠忌のときのことですが、先生は導師でありますから、声明《しょうみょう》のときは襟にマイクをつけておられます。そのマイクがどうもうまく作動しない。

そこでとうとう控え室で、「もう、こぎゃんとはせからしか」と言って、まるで駄々子のようにマイクをむしり取ってしまわれました。あとで申しますように、晩年の先生はご機嫌が悪くて、とてもたまらないようなときもありましたが、そういう夜の翌朝、お寺の庭でお見かけすると、野袴をはいて白い襦袢一枚になって盆栽を剪定しておられるその姿がいかにもかわいらしいのです。そして私を見てにこっと笑われる。ゆうべのしんどかった思いが、それで一遍に吹っ飛んでしまうのですね。かわいらしいというと失礼ですけれども、何ともいえぬ男の愛嬌のある方でありました。先生は相当な難題をおっしゃる人だったので、人々が腹を立てたり傷ついたりすることもけっして少なくはなかったのですが、それでもそういう人々から、先生の笑顔を見るといやなことを一切忘れると再々聞いたことがあります。

さらにまた、この方は何といっても人柄が純粋でありました。先生は資質としては芸術家というか、詩人的な感覚をもっておられた方だと思うんです。美しいものに非常に敏感で、その反面、世間の猥雑さ、俗っぽさというものが非常にお嫌いであった。そして、頭の非常にいい人であった。明察の人というか、人の気持をすぐ読みとられるし、万事につけすぐピンと来る方でありました。

そういうふうに先生の魅力をあげていくときりがないし、そういう先生の魅力ゆえにあのように多数のお弟子さんが周りに集まったのだと思いますが、私が先生のえらさと考えるものはそういう魅力とむろん無関係ではないにせよ、かならずしも重ならないのです。というのは、先生はそのように魅力にみちた人格であったと同時に、実にたまらないところのある人でもあったからです。私はあるとき、咲代夫人が「うちの人は欠点の多い人で、とても人に説教する資格などありません」と言われるのを聞いて驚いたことがあります。咲代夫人はご主人を亡くされたいまは、故人のよいところばかり思い出したいご心境だと思いますが、その頃は先生の不機嫌に大変苦労なさっていたので、そういう言葉を口にされたのかもしれません。私はそのとき「〝女房の眼〟という奴にはかなわんなあ」と思ったことでありました。

先生の欠点なるものを、ここで数えあげるつもりはありません。先生に勝るとも劣らぬほど欠点の多い私がそんなことをあげつらうのは第一烏滸の沙汰でありますし、それは皆様方がそれぞれ体験としてすでに知悉しておられることだと思います。ただ今夜の私の話は先生の頌徳表ではありませんので、私にとってとくに印象的であった点にはいささか触れておきたいのです。

私は先生について、この人は相当むずかしい人だなと感じたことが幾度かありました。先生が非常に敏感であり、早わかりする人であったことはいま申しあげましたが、こういう人から一遍誤解されると大変こわいのです。目の見える人というのは猜疑心もわりに強いものですが、私は先生とおつきあいしていて、ちょっと油断のならぬ人だなあ、この人に何かで誤解されて猜疑を受けるようなことになれば、これは助からんなあという感じを持ったことがありました。というのは、先生はある意味では嫉妬深い方であったからです。非常に愛の深い人でありまして、そのお弟子さんたちへの愛たるや極端な身内びいきの域に達しておりましたから、その反動が嫉妬や猜疑となってあらわれてもけっして不思議ではありません。

上海で咲代夫人と婚約されていたころ、ある男性が咲代夫人にスカーフを贈ったのに憤慨されて、そのスカーフを千々にひき裂いてしまわれたという話もうかがっておりますが、そういう罪のない話はまだしも、お弟子さんたちへの愛情が一種の独占欲や我田引水癖となってあらわれることがあって、正直言って辟易することもございました。とにかくすべてのことにおいて真宗寺中心であってほしいものですから、自分の目の届かない催しにいい顔をなさらぬし、それにお弟子さんが参加するのをさしとめられたこともありました。

しかし何よりたまらなかったのは、晩年、お弟子さんを非常に締めつけようとされるようになったことです。御遠忌のあと、極端にそういう傾向がみえました。というのは、御遠忌は従来の寺院の慣例化したそれと違って、さまざまな因習を破って仏青を中心に押し出した画期的な大事業でありましたので、先生としてはよほどの決意と期待とをもってことに当られたわけで、その後期待したような仏青活動の盛り上りがみられないというので、非常な失望とご不満があったのだと思います。それに先生にとって不愉快な事件もいくつかありましたし、お亡くなりになった今となっては、寿命を予感なさっていたのかなというふしもありますけど、とにかく猛烈にご機嫌が悪かった。

先生は週に二晩他出なさっていましたが、他出なさらぬ夜は必らず九時から食堂で飲み会がありました。当時お寺には、多いときは二十人近くの青年男女が暮しておりましたが、飲み会にはひとりの欠席も許されません。先生は長いテーブルの端に座られて、左右に居並ぶ若者たちを見渡しながら焼酎を呑まれるのですが、話は先生が中心で、末座の方で勝手な話でも始まろうものなら、たちまち叱責されます。先生の近くに座っている三十前後の僧分の者は、先生のお話もそれなりに面白く有益だし、自分が何か面白い話題を出せば先生も興がってくださるし、先生のご機嫌のよいときは、その時間が結構楽しかったと思うのですが、半ば強制のように末座に座らされている連中にとっては、私語もかなわぬその一時間半ないし二時間がかなりの苦痛であったことはいうまでもありません。

晩年にはご機嫌のよい夜というのがほんとうに少なくなって、たとえ初めは機嫌よく呑んでおられても、たいてい途中から説教が始まっておりました。それもまことにくどい絡み説教なのです。以前は朝のお勤めのときでも、悪いところがあると非常に簡潔に注意してさっと席を立つというふうに、実にさっぱりした叱り方をなさっていたのに、晩年の説教のくどさといったら、胸が悪くなるような趣きさえちょっとありました。要するに、日々の努めかたが足りない、自覚ができていないというお叱りなのですが、聞いていて、これはいちゃもんというものじゃないか、無理難題じゃないのかと思うことが再々ありました。しかも反論は一切許されない。それをすると激昂されますから。ときには総員起立で、総ビンタが始まります。私は何度か先生をなだめて、たいていは成功していたのですが、あるときは「今夜はいくらああたがとめなさっても駄目です」と言って、勢い余って私の胸を二度ばかり叩かれたこともあります。それもいまは悲しいなつかしい思い出ですけれども。

そういうわけで、飲み会はだんだん恐怖の飲み会になってゆく。あとでは夜の街に出てもあまり楽しくなかったのでしょう。外出日も早く帰宅されるようになって、今夜は飲み会がないというので青年たちがほっとしているところに召集がかかる。私が顔を出すと青年たちが喜んだというのも、先生の不機嫌があとでは彼らの手に負えなくなっていたからです。ただ今になって救いだなと思えることは、そのような説教の中には、きらめくような言葉、はっと胸に届くような言葉が数々ありました。さらには、こういう一種の我儘をいささかのとりつくろいもなしに発揮なさる姿には、捨身というにふさわしい一種のすごみもありました。そのことについてはあとでまた、きちんとお話ししたく思います。つけ加えておきますと、亡くなられる一年ほど前から、先生はよほど優しくなられて、飲み会でもずいぶん柔らかい感じに戻られました。ひとつは体調がすぐれず気力が衰えておられたのかもしれませんが、この最晩年の先生の優しいお姿も、いまは悲しくなつかしい思い出です。

そういう先生の専制君主ぶりを〝真宗寺天皇制〟と評する人もありました。これは真宗寺でしばらく僧分を勤めていた人から私がじかに聞いたことで、先生のことをその程度にしか受けとれないのかと残念な思いをそのときしましたけれど、そういう評語もあながち全くの的はずれというわけではありません。先生にとって真宗寺は自分のお城であって、その中ではどんなに自分の感情本位に振舞われてもご無理ごもっともですんでしまいます。弟子たちは無理難題いわれて閉口するでしょうが、その分日頃かわいがられてもいるのですから。しかし先生のような振舞いは外の世間では絶対に通用しません。その意味では先生に、小さなお城の専制君主という一面がおありだったことは否定できないと思います。教団のある先生がここの青年たちに「君たちは禿ちゃんの家来じゃないんだぞ」と訓戒されたという話を聞いておりますが、その言葉にも当然一理は認めねばなりません。

私は、先生という方は娑婆ではとうてい通用しない方だったと思うのです。そしてそのことをご自分でもよくご存知だったと思います。先生は昭和二十八年に家族を連れてこの寺を出られまして、昭和三十一年まで丸三年、岐阜で暮されたことがあるのです。先生はその折会社勤めをされたそうで、その時のことを「先生、そのお勤めはだいぶしんどかったでしょう」とおたずねしたことがあります。先生は「はあい、地獄でした」と答えられました。つまりこの方は娑婆の会社勤めなどが勤まる人ではなかったのです。ふつうわれわれは相当潔癖で非妥協的な性分であっても、いやいやながら会社勤めをすれば、それなりに辛棒しそのうち慣れてゆくものです。その誰でもやることがおできにならなかったというのは、先生という人物について考えるとき大事なことだと思うのです。先生はそのように外の世界ではご自身がとても生きて行けない方であったから、自分の感情のまま生きてゆける真宗寺という城にたて籠られたのだということもできます。そういった意味では先生には、自分の意のままになる小さなお城の専制君主といった側面もたしかにおありだったと思います。

しかし先生のそういう面だけをとりあげて、真宗寺天皇制などと批判するのは、私にはいかにも残念なことに思われます。第一、そういう理解では、どうしてあれだけの人々がこの人について行ったのかということがわかりません。先生はけっして家族主義的なわがお城の中だけでしか通用しなかったお方ではない。晩年はとくに、真宗寺という枠を越えて、私も含めた一般社会の人間の心をうつような信仰の姿を示す域に達しておいででした。佐藤秀人という人物を理解するには、この人の信仰を理解しなければならない。もちろん先生の信心は親鸞上人の教えにもとづく信心、つまり浄土真宗の信仰であったわけですが、私にとっては、このお寺で法話をなさったどんな高名な真宗教学者の信心よりも、先生が姿をもって示される信心のほうにずっとずっと得心できるものを感じました。つまり先生の信心には真宗教団の定型とマナリズムを破る痛烈なものがあって、私のような外道もために心を動かされることがあったのです。結論風にいうなら、私はそのことが先生のえらさだと考えております。これまでの話は先生には人々を随順させる魅力もあった反面、強烈な我儘もあったみたいな話で、それじゃプラスマイナス差し引きゼロじゃないかということになりかねませんが、これからが私の話の本題でありますので、もう少し我慢してお聞きとりください。

私がこの人にはかなわないな、敗けたなという風に先生のことを思ったのは、まず何よりもその怒りかたです。私も瞬間湯沸器的な怒りかたでは人後に落ちませんけれども、その怒りかたには反省してみますとやっぱり計算やら作為があるように思います。ところがこの人の怒りにはそういう計算とかかけひきめいたところとか、一種の演技性がまったくなくて、何のかけ値もない純粋な怒りそのものなのです。

たとえば先生は満洲で戦車兵をしておられた頃、上官を撲って重営倉にはいられたことがあります。下士官が初年兵をイビるのに怒って、傍らにあったクランクを握って撲った。クランクというのは戦車のエンジンを始動させる鉄棒で、先生は剣道の有段者でありますから、下士官は一撃で昏倒しました。これでは重営倉も当然で、その営倉で危うく凍死しかけた話も伺ったことがあります。

上官を撲るという行為は旧軍隊で珍しかった訳ではありませんが、それ相当の覚悟のいる行為であることはいうまでもないでしょう。しかし私の考えるところでは、そのときの先生には覚悟などなかったと思います。ただ手が動いたのだと思います。腹の底から突きあげてくる怒りに純粋に身を任せただけだと思います。なぜそう思うかというと、私が日頃見かけていた先生の怒りがそういうものであったからです。私がかなわないなと思うのはここのところです。私は臆病な人間で戦時中の中学で横暴を極める上級生にも反抗したことがありませんけれど、そういう私でも軍隊に入って反抗することがなかったとはいえない気がします。

しかし私が先生と同じように、戦友をいびる上官を撲るとしたら、それはよほどの覚悟があってのことです。ここでやるべきかやらざるべきか、やらぬということは自分がダメだということだなどとさんざん煩悶して、ここは男にならなくてはという、自分に対する見栄として決断すると思うのです。先生はそうではありません。怒りが衝きあげたときが行動のときです。思慮分別とか計算とか、一切の意識性が関与しない怒りの純粋さといってよろしいでしょう。私はこの点で、ああこの人には及ばないなと何度感じたことでしょうか。

晩年の先生の言われたことで、思わず笑ってしまったことがあります。先生は「怒るのは俺の責任じゃない」と言われるんです。「怒りは俺の中から湧いて来るのじゃない。どこか外から飛んで来るんだ」。この言葉を聞いたとき私は「そうなのか」と思わず唸りました。ということはその怒りはすでに「私」の怒りではないわけです。どこか宇宙の涯から乗り移って来るような根源的な怒りであるわけです。ひとりひとりの怒りなど知れたものだ、ほんとうの怒りというものは人間を離れてあるものじゃないかと、そのとき私は思いました。先生は実はそのような怒りに乗り移られる人であったのです。

先生のお話をまとめた『愚かな道』には、大谷大学在学中にヤクザと決闘した話が出ております。ある剣道部員がヤクザともめごとを起して、ヤクザから剣道部相手に呼び出し状が来た。先生は自ら志願してその呼び出しに応じられたのですが、指定された鴨川の河原へ行ってみると五人ほど男たちが待っている。先生はそのうち兄貴分らしいのにいきなり木刀で突きを入れて倒したというのです。先生は「突きの秀」と異名をとったほどの突きの名手だったといいますから、相手もひっくり返るはずでしょう。晩年も夜の街に飲みに出られて、因縁をつけて来たポンビキ風の男をステッキで突き倒されたことがあります。

しかし考えてみると、これほど無茶な話はありません。いくら呼び出しをかけられたからといって、ふつうはまず何かやりとりをするわけでしょう。穏便にすめばこしたことはないですからね。事実このときは、裏面で工作してくれた人があって、ヤクザたちもそれほど事を荒立てるつもりではなかったのです。先生はむろんそういうことをご存知なかったのですが、それにしても一言もなくいきなり「突き！」というのはふつうじゃありませんね。たとえ最悪の場合を覚悟していても、一応相手の出かたを確かめるものです。すたすた近づいて行っていきなり「突き！」なんて誰がしますか。まあこれは命がけということでしょうが、一種の異常性ともいえるわけで、こういう作戦も計算も一切抜きという捨身の姿に、先生の人となり、というより若くして抱かれた覚悟がうかがえます。つまりここでも、何か沸々とたぎるものに純粋に動かされている人間のありかたが見てとれると思うのです。

怒りであれ何であれ、感情と行動が直結していて、その間に思議や理屈がないというのが先生の大きな特徴で、それはある意味では昔の日本人の男の純潔とおおらかさのようなものであったのかも知れません。私は思議と理屈だらけの左翼インテリの半生を送って来た人間ですから、そういう先生のうちに見た昔の男気質のようなものに非常に教えられました。しかし私がここで申し上げたいのは、そういう勁烈さと晴れやかさは先生の個人的な資質であり、また先生の世代の男たちのいくらかが保持していた〝直き大和心〟でもあったのでしょうが、やはりその根底には先生の信心があっただろうということです。

私が仏法とか信心とか申せば笑い話にしかならぬことはよく承知しておりますが、先生の仏法や信心についてなら、私にもいくらか申し上げてよいことがある。というのも、晩年の五年間、私はこの人の信心の気魄と毎日向きあって過ごしてきた思いがあるからです。

先生はいつも「己れにめざめることが仏法である」という風に言われておりました。この言葉はみなさんの耳の底にこびりついていると思いますが、「己れにめざめる」とはいったいどういうことなのでしょうか。もちろんそれは、今日はやっております自己発見などとはまったく違います。自分がどういう傾向の人間であり、どういうことに向いているかなどということと一切関係ありません。先生の言葉が自分の煩悩を見すえよ、己れが罪業深重の凡夫であることに気づけという意味であったことはいうまでもありません。先生が愚芳という法名をえらばれたのも、自分はどうしようもない愚者であるというお気持のあらわれであったわけでしょう。

しかし、自分が救われない煩悩に執着してやまぬ一個の愚夫であるというだけのことなら、それは先生の信心という以前に浄土真宗の教義でありましょう。先生は真宗のお寺の跡取りとして育たれた方でしたから、〝愚かなる自分〟などというフレーズはごく幼いうちから頭に叩きこまれていたと思います。

もちろん先生には、己れの救いのない愚かさということについて、教義を超えた体験があったに違いありません。「それは単なる思いだ」ということを先生はよく口になさいました。己れが他者とつながりたいと思っても、他者は己れのために存在してくれているのではない。その他者自体が我執にみちた救いのない存在である。つきつめてみれば、人間はそれぞれの我執を抱きつつ絶対的に孤独であるほかはない。他者が信じられぬという前に己れが信じられない。先生は溜息とともに「人間には肉体があるからなあ」と言われたことがありますが、たんに肉体というだけでなく、心というもののどうしようもない信じがたさを実感されていたからこそ、人間の「思い」のはかなさについて、いつもあのように戒めの言葉を吐かれたのではないでしょうか。

つまり先生は己れの凡愚ということに関しては、たんに真宗の教学というにとどまらぬよほど痛切な体験がおありだったに違いない。恵信尼の手紙について「あれはきれいごとだ。あんなことであったはずはない。もっとドロドロしたものがあったはずだ。親鸞上人は地獄を見た人だ」と言われたことがありますが、そのとき私はああこの人は自分のことを語っておいでなのだと感じたことでした。

しかし、そのように先生の凡愚観に先生独特の体験が裏打ちされているにせよ、その凡愚観自体は真宗の教説の範囲を出るものではありません。人間がそのように自分によって救済されうる存在ではないからこそ、阿弥陀様の第十八願というのが出てくるわけで、己れの凡愚と罪業にめざめることで救済に至るという構図は真宗の教学そのものであります。だとすると先生のえらさはどこにあったのでしょうか。

もちろん、先生は真宗大谷派の僧であり、大谷派の教学に忠実な方でした。あるとき、教団のある人物について「あの人の教学はまったく正しい。親鸞上人の教えを実に正しく説いている。だが彼の人間が気に入らない」と言われたことがあったので、ややおどろいて「先生にも教学がおありなんですか」とおたずねすると、「はい、それはあります」とはっきり答えられました。ですから、先生の信心が真宗大谷派の信心の正統そのものだとしても、それで一向構わないようなものですけれど、私はどうも、そういう教学に収まりきれない先生の志のようなものがあったと感じないではいられません。

先生はよく「己れをかくすな」とか、「己れをかばうな」ということを口にされました。口にするだけでなく、それを実行されました。前にも言いましたように、先生はずいぶん怒りぽい方であり、子どものように我儘な面もお持ちでした。先生のように頭もよく、歳も五十・六十になっている人なら、もう少し修行を積んで人間が練れていてもよかったんじゃないでしょうか。先生にはなかなか喰えない老獪なところもありましたから、多少人間が出来たようなふりならいつでもお出来になったと思います。ところがそれをやらない。怒りを発散させて、子どものような年齢のお弟子さんと撲り合う。気違いといわれようとめちゃくちゃとそしられようと、自分の真情の赴くところに身を任せる。それは制肘するもののいない専制君主の我儘というより、先生の深い自覚と覚悟から来たものでありました。

つまりこの人は、若いある時に、俺は修行も学問も一切しない、僧としての法話もしない、なりふり構わず一個の修羅として生きると、深く覚悟なさった方なのだと思うのです。私がこの方を深く尊敬するのはまずこの点においてです。

学問という点についていうなら、私はもう少しなさってもよかったのじゃないかという気がしないではありません。「俺は本は読まない。読んで何になるか」と日頃公言しておいででしたけれども、実は思想であれ学問であれ文学であれ、実に鋭い理解と感受をもっておられる方でした。しかし、学問をしないという決断は、文弱を嫌うバーバリズムなどでは決してなくて、学問によっては自分の苦悩が救われないという先生ご自身の切実な経験がもたらしたものでありましょうし、それ以上に一個の修羅として生きるという覚悟の表明であったろうと思います。

修行や学問によって、己れにそれなりの恰好をつけるのは別に難事ではない、しかし己れの救いのない実相はそれによって覆うことはできない、救いのない己れの踏むべき道はその救いのない己れ、見苦しくきたない破れかぶれの己れをいささかもかくさず、ありのままに示して生きることだ――先生は人生の早い時期にそのように覚悟されたのに違いありません。そう思わないと、あの方の狂気にまがう晩年の十年を理解することができないのです。

私の印象では、先生はつねに悶える人でありました。自分の情念・煩悩に悶える人でありました。悪人・愚者の自覚なんて、真宗教学のカビの生えた常套語にすぎません。先生はそういう生悟りの説法を説かれたのではない。その自覚に悶えられたのである。いかなる努力や修行によっても救われない己れの存在への悲しみ、とほうもない純粋な悲しみがあの方の姿からは立ちのぼっておりました。

「己れにめざめよ」という先生の言葉は、自分が一個の修羅であることをかくさない、それをはっきり示して生きるということであったと、私はひとまず理解しておきたい。しかしこのことは、仏教者としての救済論という点では、実は微妙な難問を含んでいるのです。先生の信心は己れは一個の修羅であるという点にとどまるものではなかった。その修羅は実は救われているのでなければならなかった。どのようにして救われているのか。これがなかなか難しいところであって、先生ご自身も言葉でははっきりとはお説きにならなかった点であります。

でありますから、これから私が言うことは私一個の考えでありまして、先生とのおつき合いが私よりずっと長く深い方々や、あるいは先生と教団を同じうするやんごとなき学匠の方々から、それは佐藤秀人の信心を歪めるものだとか、そんな教学は真宗にはないとお咎めを受けましても、それはそれで結構であります。

先生に救済の信心があったことはいうまでもありません。晩年先生のご機嫌が甚だ悪かったことは先に申しあげましたが、ある夜の飲み会で若者たちをいつものように叱られたあと、

「俺はいいんだ。浄土へ行くときまってるんだから」と言われたことがあって、すごいユーモアだなと思って笑ってしまいました。臨終近い病床にあっても、先生のこの信心は少しも揺らがなかったと思います。しかし一方では先生は「浄土真宗にはありがたいということはないんだ」と言われたことがあります。阿弥陀さまに救っていただいてありがとうございますということは真宗の教えにはないというのです。これは実に強烈な一言で、教団からすると異端の言になりかねないんじゃないかと思うのですが、その真意はどこにあったのでしょうか。先生は「仏恩報謝」という『御文』の言葉は、そのまま素直に受けとっておられたはずですから。

先生は平常心とか精神力といった修養めいた言葉が大変お嫌いでした。いつか茶の間でNHK連続ドラマの『宮本武蔵』を見ておられて、禅坊主が悟りめいたことを言うのに武蔵が反発するシーンが出てくると、「そうだ、そうだ、やれやれ」と画面にけしかけられたことがありました。「ありがたいということはない」というのも、そういう先生の一種の天邪鬼的な反発心のあらわれなのかも知れませんが、私にはもう少し深い意味があったように思われてなりません。

己れにめざめるということが、己れの努力では絶対に救われることのない人間存在の自覚であったとすれば、そこに弥陀の願船に乗じるということが出てきます。救済は弥陀の計らいであるわけですから、それに対して〝ありがたや〟と手を合わすのは、それこそ真宗行者の正道のはずです。しかし先生は「真宗にありがたいということはない」と言われる。おそらく先生は、己れが弥陀に出会うのは一個の修羅として悶え抜きおらび抜き、わが身の業をさらけ出すそのさなかでしかないと自得されたのでありましょう。自分は修羅であっていい、そうあることが許されているという自覚が、その言葉になったのでありましょう。

しかし、修羅としての己れをさらけ出して生きるというのは大変なことである。差出がましいようですが、先生のお弟子さんとしてこの寺で育たれた方は、そのことをわが身に照らしてよく思い味っていただきたい。そういう捨身の気魄を抱いて日々生きるというのがどういうことであるか、一度のみならず折につけて考えていただきたい。私の素人考えでは、親鸞というお方の信心はとてつもない逆説を含んでいると思う。そのことを私は何よりも佐藤先生のあの悽絶な生き方から悟らされたのでありまして、特にこの寺で僧職に在る方々には、間違ってもありがたやとか感謝の心とか、安っぽい救済を説いてはもらいたくないのです。

親鸞という人の信心は、人間には救いがないということの徹底的な認識の上に立っているように思います。自分が凡愚であるとか極重悪人であるとかいうのは、反省の言葉でもへりくだりの言葉でもなくて、人間には救いがないということの妥協のない表現なのです。その救いがないというのはたんに、ともすれば己れの心に悪心が動くとか、道徳に反することを欲してしまうということではなしに、一切の煩悩が断てないということであり、それはとりもなおさず、我も人もともに絶対的な孤独と不信の中に生きているということであります。親鸞さんの遺文や語録を拝見しましても、ただ救われぬ、救われぬと嘆じておられるだけのような気が私には致します。いや、親鸞は阿弥陀仏の慈悲に救われるありがたさをちゃんと説いている、などと言わないでいただきたい。そんなことは教学を読めば書いてあることですから。私は親鸞さんからこの嘆きの深さを取りのけてしまえば、あとには何も残らないと思う。あの悪人正機説だって、信心の要は己れの存在的な悪を嘆く心にしかないと言っておられるだけです。親鸞の宗教思想家としてのユニークさは、人間のこういう無明への嘆きの深さにあります。佐藤先生もこの点については、体験にもとづいてよほど深く感得されたところがあったに違いない。

現代の真宗教学者にはなかなか同情すべき点があります。中世日本人の意識と感覚からすれば、人間はこのように救われない存在であるからこそ、弥陀の誓願にすがって救われるしかないのだと説かれるとき、その阿弥陀仏も浄土もまさに実在として感受することが可能でした。しかし現代において、阿弥陀仏や浄土をそのような実在として信じうる者は、一般の善男善女は言うに及ばず、教学者の中にすら絶無でありましょう。そういう現代において、真宗の信心の中核をなす弥陀の誓願をどのように説明するか、これにはなかなか苦心の存するところではないでしょうか。現代の自然科学的世界像に妥協しつつ、阿弥陀仏というものを、一切の生命を肯定する自然の営みのように説くやりかたもありましょうし、それでは宗教の本質は保持しがたいとして、非合理、不可知の存在として阿弥陀仏の存在をあくまで信じ抜こうとする立場もありましょう。アメリカの宗教社会学者かつプロテスタントの宗教者であるピーター・バーガーによれば、前者は還元論的解釈、後者は演繹論的解釈ということになりますが、いずれにせよなかなかの難行であります。

ですが私には、親鸞さんにとって阿弥陀仏とは、人間は救われない存在だからこそ救われるのだという強烈な逆説の体現だったように思われるのです。人間が己れの努力や修行、自覚や悟りによって救われるのなら、その人間には救済はいらないのです。親鸞さんはそのような自力で救われる存在も認めておられて、しかしわれら凡夫はそういう存在ではないと言われていいます。これは正法・像法・末法という例の仏教史観に関わることですが、要するに親鸞さんは、ご自分が生きておられた当時の〝現代〟においては、人間の自力での救済の可能性を否認なさったのです。ところがそれは同時に、他力による救済の絶対的な肯定であった。このどん詰りでの逆転こそ親鸞という人の信心の要めであったと私は思うのです。

自力で救われる人間ならば救いはいりません。救われぬ人間であるからこそ救われねばならないのです。その救済はこの世界そのものが与える救済でなければなりません。それを阿弥陀仏と親鸞はとらえられたのだと思います。この信心は救いなき身の徹底的な自覚なしには出て来ません。己れの置かれている絶対的な孤独と虚無に立たないと救済の契機は出て来ない。ほんとうに救いというものが必要にならない。絶対に救われぬ身であるからこそ救済が必要なのであって、その必要の痛切さが極まったとき、つまり嘆きが極まったとき、すでにしてそこに救済が現前しているというのが親鸞さんの立場です。救われぬからこそ救われるという逆説がここに成立したのです。悪人正機説というのはこれ以外のことを意味しません。

救われぬわが身という嘆きが深まったとき、そういう身のためにこそ救いがあるという逆転が生じる。私はそれこそ、真宗とはいいません、親鸞という方の信心の核心だと思うのですが、私がそのような理解に導かれたのも、日頃佐藤先生の言動に接して、そこからなにか痛烈な印象を受けていたからだと思います。言動と申しましても、先生は言葉で信心を説かれる方ではありませんでした。生きる姿と言ったほうが適切かと思います。先生が若い日からいわゆる法話というものをなさらず、わずかに晩年になってからのいくつかの法話が残っているというのも、先生の信心のありかたをよく表わしています。それは先生の救われぬ身の自覚の表われであって、そのような身として、彼らもまたこの世に行き場がなく救われぬ身である若者たちと、日々格闘して生きる生涯を選ばれたのだと思います。

先生は、救いのない修羅としてのわが身をかくさずに生きることを通じて、おおらかでさわやかな明るさに到達されておりました。おおらかさ、さわやかさということをいつも口にされ、暗いということをとても嫌われておりましたけれど、それは必ずしも模範生的な明朗さや健全さをよしとされたのではないと思います。先生のお姿を見ておりますと、いつも捨身の構えというものが感じられました。他人の恨みや憎しみを買うことをおそれない。自分の不利益をおそれない。人格者のような見てくれの修養など絶対に身にまとわない。常識や因習は打ち破ってよろしい。そのような気魄がみちみちておりました。それはすべて、己れは救われぬ身であるからこそ救われているという逆説的な信の根源から発した姿勢であったように思われます。すでに救われている以上、私どもは明るくあってよく、さわやかであってよく、おおらかであってよいのです。先生はそう言われていたのではないでしょうか。

先生は草花や蟬の声、一言でいえば自然を愛する人でありました。先生の部屋の前は竹林でありますが、その竹林に朝日がさしてくるときの光景をとても愛しておられました。先生の救いにはそういう東洋の詩の原型のようなものが裏打ちされていたと思います。自然の語りかけに聴きいることに救いを見出すのは、日本もそのうちに含まれる東アジアの伝統でありますけれども、そのように自然の声を聴くというのも先生の場合、山歩きなどをするいわゆる自然愛好家とはまた違って、救われぬ身の痛烈な自覚があったからこそ可能になったことだと思います。

私は以上申し上げましたような、一言でいえば修羅としての信心という点で、先生から深い教えをいただいたと思っておりますが、さらに私がこの人はえらい人だなと感じた第二点は、先生がつねに己れを打破し続ける人であられたということです。

愚の自覚という点でも、俺は親鸞さんのいわれる凡夫なのだ、だから自分の歩いた道を『愚かな道』と称するのだ、それで法名も愚芳とつけたのだというのは、なるほどひとつのつきつめた自覚でありますけれども、それも繰り返せば出来上った型になってしまいます。場合によっては、厭味な自己満足にすら変質しかねません。先生はつねにそういう出来上った型をうちこわそうとなさる方でした。先生は「ほんとうの己れに出会う」ということをいつもおっしゃっていましたが、その己れは一度出会えばよいものではない。出会った時には どんなにほんとうと思われても、時が経てはうそになってゆく。だから真実の自己とは一度 出会えばすむものではなく、出会えたと思う自己をうち破りうち破りしながら、生きている 限り出会い直さねばならぬものなのです。

どんなに愚かな修羅と自覚しても、人間は先生と呼ばれればその気になってしまいます。歳とればいわゆる貫禄がついて、何だか偉くなったような気がします。女にもてればむろん己惚れてしまいます。そのように社会的存在として不断に身についてくる慣性を打破してゆくのには、大変な覚悟がいります。先生はその覚悟がおありだったというだけではない。己れの現状に安住できない激しい衝動が先生には内臓されておりました。

先生はつねにご自分に不満だったのではないかと思います。これでいいという限度が先生にはなかった。仏青運動にしても、創立してから三十数年の間に、何度も質的な転換を計られています。あの晩年を飾る大事業であった御遠忌のあともなにかご不満で、「最後になにか大きなことをやりたいんだが、そのなにかがわからないので苦しんでいる」と、亡くなられる一年ばかり前に述懐されたことがあります。先生を見ていると、私はいつもロケットを連想したものです。何段も噴射装置がついていて、ひとつ噴射装置を切り捨てると次のが点火して、さらに高みを求めて跳躍してゆくあのロケットです。

それは単純な事業欲ではなくて、つねに自分を破るということを求められたあらわれだったと思うのです。その自分を破り続けて行かれた先に、「坊主とつき合って損した」という先生の言葉が生まれたのです。先生は僧であることにプライドを持っておられましたし、仏やお寺をばかにする人間はお好きではありませんでした。大谷派の同朋会運動にも若い頃から傾倒されて、お東の教団にも人一倍誇りと愛着をもっておられたはずです。その先生が「坊主と何十年もつき合って来て損をした。何にもならんだった」と述懐されたのです。これはすごいと思います。飲み会のときお弟子さんたちに「おまえたちがそうしたいと言うのなら、真宗寺は単立《たんりゅう》になってもいいんだぞ。どうだ、なるか単立に」と問いかけられたことがあります。単立というのは教団から独立した寺になるという意味です。晩年は教団という枠も超えるところに来ておられたのです。

晩年の先生の姿は非常に孤独でありました。これも飲み会のときのことですが、「おまえたちがボヤボヤしておって、いつまでも自覚せんのなら、この寺を売って俺は旅に出る」と言われました。そして私に一緒に来い、二人で旅に出ようとおっしゃるのです。「はい、行きましょう」と答えはしましたが、旅に出ればむろん托鉢ということになります。そうなるとこれは、托鉢から野宿の世話まで私がせねばならんわけで、容易ならざることになって来るのですけれど、先生は「今のは冗談。俺はこの寺で生れたんだ。この寺で死ぬのが本望」とつけ足されました。

そのときの先生の言葉はずっと私の中に残っています。もし先生がほんとうにそうなさるのなら、私もきっと同行していたと思います。先生は結局、一笠一杖というあの日本人の心のふるさとへ帰って行かれたのです。真宗大谷派の同朋会運動の中で多くの同志に出会われ、仏青を育てる中で多くの弟子に恵まれながら、最後はひとりになってしまわれた。前にも言いましたように身びいきに近いほどお弟子さんたちを愛しておられたのにもかかわらず、晩年には「俺の気持はおまえたちに言ってもむだだなあ。ちょっとわからんだろうなあ」という感じになっておられました。そういう自分が育てた若者にも断絶を感じざるをえないほど、ぎりぎりの孤独に立っておられたのだと思うのです。そしてその孤独は、道を求め続け、これが道だと見極めたその先にさらに道がひらけるという経験を重ねられ、つねに己れとたたかい己れを打ち破って来た人が、晩年到達せざるをえなかった孤独だったのではないでしょうか。

先生は学問は好かんといいながら、実は学ぶ力は非常に持っておられました。私はこのお寺で『真宗寺講義』と銘うって七年間、月に二回話をさせてもらったのですけれど、先生は必らず出席されて、最後列で腕組みして聞いておられました。私ごときの話からもなにか刺戟を受けておられたのだと思います。真宗寺にも一時期、新左翼めいた青年が来ていたことがありますが、先生は彼らからすら取るべきところはお取りになったようです。そのように他から摂取しながら、かつまた己れを見すえながら、つねに己れを打破してゆかれた方です。私の講義は前半が『日本近代史』でして、これは先生も相当興味をもたれたようだった。これが完結しまして、次は何にしましょうとご相談しましたら、日本の中世文学について話をしてほしいとのことでした。私はその方は素人でありますのでご注文に応えられず、後半は『人類史』ということでやらせていただいたのですけれど、日本中世文学というご注文に先生の晩年の志向が深く宿されていたことを思えば、返す返すも残念でなりません。

ここで先生の声明について一言しておかねばなりません。あの声明というのも先生にとっては己れを打破する実践であったのです。先生の晩年の声明は、躰をゆすって腹一杯の声を出され、凄絶きわまるものでありました。あの音感のすぐれた方が、そのため音程がやや狂うこともあったくらいです。「自分は声明をするたびに己れを打ち破っている気がする。腹の底から声を出すと、自分が破れてゆく」とおっしゃる先生はまた、「自分は声明しながら死んでいいと思っている。声明しながら死ねたら本望だ」と言われる先生でもありました。

最後に、先生は使命感の人でありました。この使命感というのはなかなかむずかしい問題を含んでおりますが、やはり私はその点にこの人のえらさを感じます。

先生は私より歳が十一も上の方でありますし、また僧として教団の中で育たれた方でありますから、その言説にいくらか古めかしさがあったのは仕方ありません。先生の使命感のもっとも顕著な現われは、昭和二十三年に仏青を始められて以来、このお寺を庫裡にいたるまで青年に開放されたことです。ですからつねに青年が家の中にゴロゴロしているという状況で、咲代夫人にしてもふたりのお嬢さんにしても、家族的な生活というものは全くなかったわけです。まさに使命感としか言いようがありませんが、先生はその動機を「敗戦によって民族が自尊心を喪って滅びようとしている。これではいかん、日本という国を建て直さねばならんと思って始めた」というふうに語っておられます。国とか民族などという言葉は、ちょっと進歩思想をかじった人間なら簡単にばかに出来る言葉なんです。そういう意味で先生の言説には古風さがありました。

また昭和五十年代から真宗寺には、非行や情緒不安定も含めて世間で行き場のない青少年が住みこむような段階がやって来ましたが、そのことについても先生は、「家庭が崩壊して規則正しい生活が乱れているからこんな少年少女たちが生れる。そういう間違った世の中をたださねばならん」といった風におっしゃっていました。これに対して先にも紹介しましたように、「管理社会からおちこぼれた人間をさらに管理しようというのか」といった批判をするのはたやすいことです。しかし先生の言説の古風さにそんなふうにひっかかるだけなら、先生はそんじょそこいらに沢山いる保守的な社会教育家の一人ということになりますし、真宗寺も更生施設や戸塚ヨットスクールとあまり変らないものになってしまいます。

しかし私は、先生の使命感とは本質的に大乗の使命感だと思うのです。大乗の使命感というのはむろんあの阿弥陀仏の誓願、己れひとり救われるのではない、衆生とともに救われるのでなければ自分も救われないという大乗の根本思想にもとづいております。真宗の僧侶の実態はそのような使命感を全く裏切っておりますが、先生は寺に生れて僧となった身として、その大乗の使命感に殉じられたのだと思います。でありますが、この使命感ということには実は重大な問題が含まれております。先生は晩年に至って、その課題あるいは難問を自覚されておりました。

使命感というのは実はおせっかいというのと同義なのです。それは往々にして指導者意識となり前衛意識になります。過剰な使命感が盲目的な愚行となり悲劇となった例は、歴史上枚挙にいとまありません。スターリンしかり、毛沢東しかり、ヒトラーしかり、ホメイニしかり、魔女裁判しかりです。庶民からすれば、間違った世の中を叩き直すなど、そんないらぬせっかいを焼かないでくれ、ということになりかねません。

先生はつねに「僧とは己れにめざめた者のことである。いわゆる職業的な坊主をいうのではない」とおっしゃっていました。これは僧というものが社会的に特権をもった身分なのではないということで、そういう考えから先生はあの御遠忌においても、僧の資格をもたぬ若者たちを内陣にあげられたのです。ですから先生に僧としての特権意識があったわけではありません。しかし、僧をどう解釈するにせよ、己れにめざめ法にめざめることを希求する、ひと言でいうと真実を希求するということになりますと、そこにはめざめて法を説く人とめざめざるゆえ法を聞く人の区別が生じます。すなわち説法する者と聞法する者の区別が生じるわけで、これはすなわち前衛と大衆の関係であります。使命感というのはかならずこういう二分法を免れないのです。

真宗寺には『花の会』というファンクラブみたいなものがありまして、その会で教団のえらい先生をお招びしてお話を聞いたことがあります。そうしたらその先生は「花の会は真宗寺の護持者だそうだな。護持者なんていらんのだよ。そういうのが一番よろしくない。君たちはみなひとりひとり、自らが仏法に立つ人間にならにゃいかん。つまり回心した仏法者にならにゃいかん」とおっしゃるのです。これには笑いましたね。

私はむかしむかし共産党員だった頃、おなじようなことを自分が言っていたのを思い出しました。党に毎月カンパするだけじゃだめだよ、シンパにとどまるんじゃなくて、君自身が共産主義者になるべきじゃないかなどと、入党を勧誘していたことを思い出しました。この坊さんはシンパはつまらんから入党しなさいと私たちにおっしゃったわけです。マルクス主義の最終目標は人間改造なんです。来るべき共産主義社会においては、すべての人間が利己心を脱した「共産主義的人間」（アラゴン）にならなければならぬわけで、つまり池田大作さんじゃないが人間革命が革命の最終目標なんです。つまりこのえらい坊さんが代表している大谷派の純粋主義なんて、共産党の前衛主義そのものであって、そのようなマルクシズム的前衛主義が全面的に破産し去った今日において、まだこうした宗教的前衛主義がまかり通っているのですから、まったく太平楽な話だと思ったことでした。

明治以来の真宗純粋主義は、こういう前衛意識に発する大衆啓蒙に終始して来たといってよいでしょう。門徒の意識に混入している土着的土俗的なものを極力排除して、純粋な真宗の教義を徹底させ、一対一の関係で仏に結ばれる純粋な信者団をつくろうとして来たわけでしょう。それはもちろん真面目きわまる使命感の産物であったのですが、そういうやりかたが根本的に破産せざるをえないのは、それが結局指導者対大衆の二分法に帰着する指導・啓蒙に堕ちてしまうという理由によるのです。

先生はこういう真宗純粋主義のなかで奮闘して来られた方ですし、その使命感に指導者意識がまじることがなかったとはいえません。そもそも宗教者というものが真理すなわち法を宣布する性格をもっておりますし、その使命感が指導者意識・前衛意識を伴なうのも一面むりからぬこととといえます。しかし晩年に至って先生はこういう境位から一歩大きく抜け出されたのではないかと思います。僧が前衛であり指導者であるというありかたに、深い疑念を抱くようになっておられたと思います。

それはひとつは門徒衆への態度に現われております。むかしは先生は真宗純粋主義の立場から門徒衆と対立されたことがあり、それはそれで先生のすごさだと思うのですが、晩年は土俗的なものを抱えこんでいる門徒衆をやさしい目で受けいれるようになられました。晩年の法話にははっきりそれが出ていると思います。

これにはひとつ、石牟礼道子さんとの交友ということもあったでしょう。先生は石牟礼さんを非常に尊重され、亡くなられる際は導師に指名なさったくらいですが、石牟礼さんの作品にあふれている神話的古代的な想像力にはよほど触発されるものがあられたようです。「あなたのお話はどうも神道ですな」とときどきは苦笑されながらも、根源的な生命観という点で非常な共感をお寄せになっていたように思います。観念的に純粋化された指導者の教義は、いかにラディカルにみえても、所詮、数千年の間この国に積み重ねられた自然融和的な生命観の深部にはとどかないのだということ、知的指導者の対極にある生活民の生命の重層の中にこそ普遍的な仏の世界のあかしがあるのだということに、晩年の先生は深く思い到られたようです。石牟礼さんとのふれあいは、その意味で晩年の先生にとってみのり豊かなものであったと申しあげてよろしいでしょう。

「ひとり立て」、晩年の先生はつねにこの言葉を繰り返しておられました。この言葉は千万人といえども我往かんという勇猛心も含意しているかと思いますが、結局は先生の晩年の孤独な心を表わしているのではないでしょうか。先生は最後まで日本を真宗寺から建て直すのだという使命感を棄てられませんでした。しかしその一方、一笠一杖を友として旅立つ芭蕉の心を慕う先生でありました。「ひとり立つ」というのは、指導者としてこの世に真理を宣布するというのではありません。真理を保持しつつ、静かに祈る人の言葉であります。思えば晩年の先生の声明は、この国のなりゆきを憂える祈りの声であったのでしょう。先生の憂国は言辞からするとありきたりな保守的伝統主義ととられかねぬところもありますけれど、その本体は生命の根源が涸れようとしている現代文明への深い危機感でありました。晩年の先生はひとり静かに祈る人でありました。その祈りは烈々たるものでありましたが、同時に深い湖のように静謐でもあったのです。

この世には法、つまり真実というものはあります。「真実？　そんなものあるわけないだろう」という風なしたり顔をするのが今日の知的なファッションでありますが、ファッションのレベルで浮き沈みしている輩はどうでもよろしいのです。そして真実がある以上、われわれはそれを求め、それにめざめねばなりません。しかもわれわれはひとり立つとき、人とともに立つのです。それゆえ、おのれのめざめは人にわかたねばなりません。人に告げ知らせねばなりません。それは結局、使命を担うということでありましょう。しかもわれわれはあくまで一個の修羅であって、人を教導するものではない。この使命を担いつつ前衛・指導者であることを拒否するというむずかしい課題を、私たちは思想的にも実践的にも解いてゆかねばならないのです。先生はそういう課題を私たちに暗示され遺されたのです。

今夜は折角の機会をお与えいただいたのでありますから、先生の「己れをかばうな」という遺訓を守って、私の考えを忌憚なく申し述べました。むろん私は真宗寺の部外の人間であり、私の述べたことが真宗寺そのもののお考えと無関係であるのは断わるまでもないことです。真宗寺に累を及ぼすことがあってはいけませんので、この点は誤解なきよう重ねてお断りしておきます。

あとがきに替えて

チェーホフに『地主屋敷で』という短篇がある。主人公のラシェーヴィチはおしゃべりで、自分では何か独創的なことをしゃべっている気でいる。知人たちは彼を煙たがって近づかず、あのおしゃべりで細君を早死させたと噂したり、いやな奴だと蔭口を叩いたりした。いまも彼は客の青年を相手に一席論じ立てている。この若者は奇特にもしげしげと訪ねてきて、どうやら長女と似合いの婿になってくれそうである。ラシェーヴィチは貴族に保存されている貴重な種の特質について述べ立て、成り上り者によってわが国の学芸や道徳が退化させられつつある現状を悲憤しつつある。もう、こうなってはとまらない。若者が長女目当にやって来ていることはわかっていても、また娘たちが若者を独占している父親を悲しげにみつめていることに気づいていても、口をついて流れ出す言葉の洪水はとめようがない。若者は遂に、自分は町人の出で、そのことを恥じていないと宣言し、席を立って帰ってしまう。彼はもう二度とこの家に現れないだろう。

「まずい」「ああ、まずい」。娘たちは憤怒の顔つきで何かしゃべり合っている。ラシェーヴィチは恥ずかしさに打ちのめされる。一体何で貴族の血の話など始めたのか。そんな必要は何もなかったのだ。しゃべったあとではいつも恥ずかしい。それに、自分は感じやすい、涙もろい人間なのに、何の因果か、しゃべり始めるといつの間にか悪態や中傷になってしまう。ひょっとすると心の中に悪魔が巣くっていて、こうなるのではなかろうか。笑い声と悲鳴が聞える。長女がヒステリーを起こしたのだ。

さて、このたびの私の本は、主として世相を論じた文章を集めた。すこぶるラシェーヴィチ風ではなかろうか。イタチの最後っ屁ということがあるが、それに類するような気がしないでもない。ただ私はラシェーヴィチと違って、いささかの苦痛を忍びながら、必要と自分に思えることをあえて述べたつもりだ。でもそれはあくまで「つもり」であって、ラシェーヴィチ並みのただの自己満足に終っていないかどうか、お読み下さる方の判断にゆだねるしかあるまい。一度は言っておかねばならぬことであったが、世相を論じるのはこれが最後だ。ほかにすべきことが山ほどある。

私塾と愛校心について述べたふたつの文章はかなり以前のもので、これまでエッセイ集に収録を見送って来たのだが、これも世相に関する考察には違いないので、このたび収めることにした。「佐藤先生という人」も旧稿であるが、現代を省りみる意味でこの本に収めた。
私はもともと世間の片隅にいるのが似合いのマイナーな物書きなので、弦書房のような小さなしかし実意のある出版社から本を出せるのがとても嬉しい。社長の小野静男さんのご厚志に深く御礼申しあげる。

二〇一一年九月一一日

著者識

初出一覧

無常こそわが友　書きおろし
大国でなければいけませんか　「熊本日日新聞」二〇一一年一月三日
社会という幻想　「桑兪」第八号（二〇一一年六月刊）
老いとは自分になれることだ　「文芸春秋スペシャル」二〇一一年夏号
文章語という故里　「文芸春秋スペシャル」二〇〇八年夏号
直き心の日本　「文芸春秋八月臨時増刊号」二〇〇六年
三島の「意地」　「正論」二〇一〇年一一月号
つつましさの喪失　日本ＩＢＭ株式会社『無限大』二〇〇六年夏号
現代人気質について　「熊精協会誌」一四四号（二〇一〇年七月刊）

＊

未踏の野を過ぎて　「熊本日日新聞」二〇〇一年一月三一日～一二月二六日

＊

前近代は不幸だったか　みずほ総合研究所「Ｆｏｌｅ」二〇〇八年一月号～五月号

＊

私塾の存立　「伝統と現代」一九七九年一月号
母校愛はなぜ育ちにくいか　「望星」一九七九年四月号
ある大学教師の奮闘　「道標」第七号（二〇〇四年一〇月刊）
佐藤先生という人　「大海」第五二号（一九九三年九月刊）

〈著者略歴〉

渡辺京二（わたなべ・きょうじ）
一九三〇年、京都市生まれ。熊本市在住。
日本近代史家。
主な著書『北一輝』（毎日出版文化賞、朝日新聞社）、『評伝宮崎滔天』（書肆心水）、『神風連とその時代』『なぜいま人類史か』『日本近世の起源』（以上、洋泉社）、『逝きし世の面影』（和辻哲郎文化賞、平凡社）、『渡辺京二評論集成』全四巻（葦書房）、『近代をどう超えるか』『アーリイモダンの夢』『江戸という幻景』（以上、弦書房）、『黒船前夜――ロシア・アイヌ・日本の三国志』（大佛次郎賞、洋泉社）、『維新の夢』『民衆という幻像』（以上、ちくま学芸文庫）、『細部にやどる夢――私と西洋文学』（石風社）など。

未踏《みとう》の野《の》を過《す》ぎて

二〇一一年十一月二十五日第一刷発行
二〇一二年三月五日第二刷発行

著者　渡辺《わたなべ》京二《きょうじ》
発行者　小野静男
発行所　弦書房
〒810−0041
福岡市中央区大名二―二―四三―三〇一
電話　〇九二・七二六・九八八五
FAX　〇九二・七二六・九八八六

印刷
製本　大村印刷株式会社

落丁・乱丁の本はお取り替えします。

ISBN978-4-86329-063-1　C0095

◆弦書房の本

江戸という幻景

渡辺京二　人びとが残した記録・日記・紀行文の精査から浮かび上がるのびやかな江戸人の心性。近代への内省を促す幻景がここにある。西洋人の見聞録を基に江戸の日本を再現した『逝きし世の面影』著者の評論集。〈四六判・264頁〉【6刷】2520円

アーリイモダンの夢

渡辺京二　西洋近代文明とは何であったのか。「世界史は成立するか」「カオスとしての維新」他ハーン論、イリイチ論、石牟礼道子論など30編を収録。前近代の可能性を探り、近代への批判を重ねる評論集。〈四六判・288頁〉2520円

近代をどう超えるか

渡辺京二対談集

江戸文明からグローバリズムまで、知の最前線の7人と現代が直面する課題を徹底討論。近代を超える様々な可能性を模索する。【対談者】榊原英資、中野三敏、大嶋仁、有馬学、岩岡中正、武田修志、森崎茂〈四六判・208頁〉1890円

石牟礼道子の世界

岩岡中正編　名作誕生の秘密、水俣病闘争との関わり、特異な文体……時に異端と呼ばれ、あるいは長く文壇から無視されてきた「石牟礼文学」。渡辺京二、伊藤比呂美ら10氏が石牟礼ワールドを「読み」「解き」解説する多角的文芸批評・作家論。〈四六判・264頁〉2310円

花いちもんめ

石牟礼道子　ふるさともとめて花いちもんめ　箪笥長持　あの子がほしい　この子がほしい——幼年期、少女期の回想から鮮やかに蘇る昭和の風景と人々。独特の世界を紡ぎ続ける著者久々のエッセイ集。〈四六判・216頁〉1890円

＊表示価格は税込